銀の竜使いと藍のカナリア

四ノ宮 慶

AZ BUNKO
イースト・プレス

CONTENTS

illustration 緒田涼歌

銀の竜使いと藍のカナリア

プロローグ

遙《はる》か昔より竜使いの王族が治めてきたトニストニア。西の辺境にひっそりとあったこの国が、周囲の国を侵略しはじめたのは、ほんの数十年前のことに過ぎない。

トニストニアは四方を山に囲まれ、これといった資源も産業もない国だった。

しかし、前王の時代。

偶然、深い山の奥に膨大な鉄鉱脈が発見されたことが、この国、そして周辺国を揺るがすすべてのはじまりとなった。

トニストニアの人々の実直で勤勉な国民性により、製鉄技術は瞬く間に発展。

それを支えたのは、火竜、水竜といった古くからの彼らの友人だ。湧《わ》き出す水がなくとも、山のような炭がなくとも、よき隣人である竜たちの能力を最大限に活かすことで、トニストニアは山間の小国から一気に周辺国を脅かす大国へと成長を遂げたのだった。

＊　＊　＊

小高い丘の上にある宮殿を眺めながら、シャオは母と畑仕事に精を出していた。

「母さん、今日も王様の宮殿がよく見える。きっと一日お天気だよ」

東側に海を擁し、残りの三方を高い山に囲まれたチンファ王国は、肥沃《ひよく》な土地に恵まれた小さな国だ。

そのチンファの王宮を望む小さな農村で、シャオは母と二人きりで生活していた。

シャオに父親の記憶はない。

「ほらほら、シャオ。さぼっていないで、しっかり種を蒔《ま》いてちょうだい」

優しくも厳しい母が、シャオの父について話をしてくれたことがなかったからだ。

「母さんよりも倍以上、僕の方がたくさん蒔いてる！　さぼってなんかいないよ」

「まったく、口ばっかり達者になって……」

幼い頃は父親がいないことで虐《いじ》められたりして、母を、そして見知らぬ父を恨んだこともあった。

けれど、今はたった二人きりの家族なのだから、自分がしっかりして母を守ってあげないと……と思っている。

森や林の木々に小さな新芽が顔を出す季節。

チンファの空は高く澄み渡り、雲雀《ひばり》がさえずりながら飛んでいた。

シャオは、この国が大好きだった。

シャオだけじゃない。チンファの国民の誰《だれ》もが、この国を愛し、王を敬い、質素に堅実に生きていた。

「……ねえ、母さん。あれはなんだろう」

母に叱《しか》られたことを忘れてしまったように、シャオは再び王宮を……いや、その向こうに広がる真っ青な空を眺めた。

「いい加減にしなさい、シャオ。ほら、はやく……」

空を見上げるシャオから少し離れた場所で、母も同じように空を見上げた。そして、口をぽかんと開けて、西の空にじっと目を凝らす。

「本当だわ。なにかしら……?」

「母さん、あれってドージェがいっていた……竜っていきものじゃないかなぁ」

遠い西の国に、空を飛ぶ竜とともに生きる人々がいると、シャオは幼馴染《おさななじ》みのドージェから聞かされたことがあった。

西の空に、はじめは小さな黒い点のようだったものが、徐々に数を増やしてチンファの空を覆いはじめる。

ふと周囲を見やれば、同じように畑仕事に精を出していた村人たちも西の空を見上げていた。

「すごい！　どんどん近づいてくる！」

空を飛ぶのは鳥と虫、そして雲だけだと思っていたシャオは、はじめて目にする竜の大群に心を沸き立たせた。まだ随分と遠い空の向こうにいるようなのに、大きな翼が風を切る音が聞こえてくる。

「シャオッ！」

自分の名を呼ぶ声に振り返ると、畑の向こうの土手を駆けてくるドージェの姿が見えた。彼の父はチンファ王国剣士団長で、ドージェも剣士団に所属する剣士だ。

シャオは野菜の種の入った籠《かご》を放り出し、ドージェに駆け寄った。

「見てよ、ドージェ！　竜だ！　あれが……前に話してくれた竜でしょう？　本当にいたんだね！」

耕したばかりのやわらかな土に足を取られて、何度も転びそうになるシャオに、ドージェが叫ぶ。

「馬鹿っ！　お袋さんと逃げろっ！　あれは──っ」

血相を変えて叫ぶドージェを不思議に思いつつ、土手を駆け上がろうとしたときだった。

空が一瞬で黒い雲のような竜の大群に覆われ、そして次の瞬間、シャオは熱風に煽《あお》られて宙を舞っていた。

「う、あ……っ！」

なにがなんだか、理解する間もない。

空から真っ赤な火の塊が雨のように降ってくる。

「ぁ……ああっ」

土手の縁に蹲《うずくま》ったシャオは、目の前の光景に愕然《がくぜん》となった。

どういう仕組みになっているのか、天空を舞う竜が吐く火の塊は、木々だけでなく、まだなんの作物も実っていない畑を火の海へと変えていくのだ。

轟々《ごうごう》と激しい音を立てて、真っ赤な炎がまるで竜巻のように畑や畦《あぜ》を走っていく光景に、シャオはしばしの間声を失って立ち尽くしていた。

だが、やがてシャオはハッと我に返った。

「か、母さん……っ」

火の雨が降りしきる中、母の姿がどこにも見えない。ほんのついさっきまで、青空を眺め、丘の上の宮殿にいらっしゃる王様を想い、並んで種を蒔いていたのに――。

気がつけば、シャオの周囲にいた村人が全員、畑からいなくなっていた。土手を駆けていたドージェもどこへいってしまったのか声も聞こえない。

母は、ドージェは――？

畑にいた人たちは、いったいどうなってしまったのだろう。

「母さんっ……？　母さん、どこにいるんだよ！」

よろよろと立ち上がり、シャオは火の雨の中を駆けた。

なんで……？

なにが起こっているんだ？

火が、空から降ってくるなんて、竜が火を吐くだなんて、誰も教えてくれなかった。

やがて母の姿を求めて彷徨《さまよ》うシャオの目に、燃えさかるチンファの町が飛び込んでくる。

「……嘘《うそ》だ……っ」

立ち止まり、シャオは目を疑う。

遠く、丘の上の宮殿が、轟々と音を立てて、真っ赤な炎に包まれていた。

【一】


ルルル、ルル……。鈴の音を思わせる鳥の鳴き声の合間に、男のだみ声が響く。

「馬鹿みたいに高ぇ花代払ったんだ。しっかり仕事しろよっ」

逞《たくま》しい腕に頭を抱え込まれ、シャオはおずおずと口を開いた。

鍛え上げられた腹筋の下方、濃い茶の茂みからそそり立つ男性器をゆっくりと口に含んでいく。

「っ……ン」

教えられたとおり喉《のど》の奥を限界まで開き、舌で幹の裏筋を擦《こす》りながら頬《ほお》を窄《すぼ》めて吸い上げる。

「おいおい、そんな舌使いで客が満足すると思ってんのか！」

必死に口淫《こういん》を施すシャオの長い髪を、トニストニアの歩兵だという客が乱暴に鷲摑《わしづか》んだ。

「んあ……っ！」

力任せに口から性器を引き抜かれたかと思うと、シャオは乱暴にベッドの上に組み伏せられた。

「い、た……っ」

シャオの掠《かす》れた悲鳴を聞いて、寝台の脇《わき》に置かれた鳥籠の中で一羽のカナリアが翼をばたつかせる。激しく甲高い鳴き声をあげ、まるで男を非難するように羽毛を飛び散らせた。籠から舞い散ったその羽は、紺碧《こんぺき》の海に漬けて染めたような藍《あい》色だ。

だが男は、藍色のカナリアに見向きもしない。

「象牙《ぞうげ》色の肌に青い髪——高級男娼《だんしょう》館ジュゲールの売れっ子じゃなかったのかよ、おい？」

血走った目で見下ろされ、シャオはただガクガクと震えるほかなかった。

「なにが青い髪だ……。確かに肌は象牙色で、顔立ちこそその辺の女に負けねぇくらいの別嬪《べっぴん》だがよ、まともに男の相手もできねぇんじゃお話になりゃしねぇっ」

唾《つば》を飛ばして吐き捨てると、客の男は大きく節くれ立った手でシャオの小さな尻《しり》を割り開いた。

「い、いや……。乱暴は……やめてくださいっ」

長い髪をベッドの上に散らして、シャオは必死の思いで男に懇願する。

こんなコト、したくない。

イヤだ、いやだ、嫌だ——っ！

「愛想笑いのひとつどころか、まともにおしゃぶりもできねぇくせに、文句いってんじゃねぇ。そこの鳥の方がお前の髪なんかよりよほど青くて珍しいじゃねぇか！」

ルルッ、チチチ……ッ。

客に逆らえないシャオの心を代弁するかのように、カナリアが籠の中を飛びまわり、鳴き続けた。

しかし、その願いは聞き入れられない。

「おとなしく足開いて抱かれんのと、無理やりケツの中に突っ込まれンの、お前、どっちが好みだ――？」

好色に歪《ゆが》んだ男の目に見据えられ、シャオはおずおずと……すんなりと伸びた脚を開いたのだった。

あの日――。

真っ青な空を覆った竜の大群は、西の帝国トニストニアの竜兵団だった。

『シャ……オ』

炎に焼き尽くされた畑の畦のそばで、シャオはひどい火傷《やけど》を負った母を見つけた。

『ぶ……じで、よか……っ』

多分、シャオでなければ、ソレが母だと分からなかっただろう。それほどまでに、母の状態は惨《むご》たらしいものだった。

『母さんっ！　かあ……さんっ！　イヤだ、僕を……ひとりにしないでっ』

息も絶え絶えの母の手を握りたくても、シャオにはできなかった。なぜなら母の手は火傷によるひどい水ぶくれと、剥《は》がれた皮膚で覆われていたからだ。

『か……ぁさ……、もぉ……駄目みた……い。お前だ……けでも、生き……て――』

途切れがちの母の言葉に、シャオはただ涙を流すことしかできなかった。

『……ぁさんっ、なんで……なんでっ……』

あたりに鼻を突く悪臭が漂う。シャオには分かっていた。

悪臭の原因が、ほんの少し前まで、自分と同じように畑に種を蒔いていた村人たちの亡《な》骸《がら》だと――。

『こ……れをっ』

焼け爛《ただ》れた村一番と誉れの高かった美しい顔を、母は必死に綻《ほころ》ばせてシャオに告げた。

『いの……ちに代えてもっ……守りたいと……ッ』

ヒューヒューと風穴から吹き抜けるようなか細い声で、母は胸許《むなもと》に抱えていた小さな袋をシャオに手渡した。

『そう……思ったものがで……きたと……きだけ、あけて……中を……見なさ……いっ』

皮膚の剝がれた手から、シャオは震えながら小さな革袋を受けとった。

『……な、なに？　母さん、ねえ……これは――』

焼け焦げた革袋を受けとると同時に、シャオはついに母の手を握ってやることができた。

しかし、ほんの一瞬、小さな革袋に視線を落とした直後に、シャオの手の中から母の手がずるりと落ちてしまった。

『か……ぁさんっ？』

焼け焦げた土の上に、焼け剝《む》けた細い腕が落ちていた。

顔の判別もできないほどの火傷を負った母は、もうそれきり、二度とシャオの名を呼んではくれなかった。

遠く、丘の上には、幾頭もの竜が飛ぶ姿が見えた。火を吐き、大きな翼で風を送っては、チンファ王の住まいである王宮を焼いていく。

空の青よりも澄んだ青色の壁と、黄金で飾られていた美しい王宮は、真っ黒な煙と真っ赤な炎に包まれていった。

『……ぁさんっ、母さんっ！』

泣き叫ぶシャオの耳に、別の鳴き声や悲鳴が聞こえていた。

清らかな春の青空が、竜と炎で埋め尽くされている。

丘の上では王宮が燃え続けていた。

『母さん――っ！』

この日、チンファ王国は町や村の人々、そして王宮と王族たち――国のすべてを、トニストニアの竜兵団によって焼き尽くされてしまった。

たった一日で国土すべてが焦土と化し、生き残った者のほとんどがトニストニアの奴隷として捕らえられたのだった。

「シャオ様、大丈夫ですか……っ？」

不安そうな声で名を呼ばれて、シャオはハッと目を覚ました。かすかにカナリアのさえずりが聞こえる。

まるで獣に犯されるような乱暴な性行為の後、全裸のままくたりとベッドに横たわり、いつしか意識を失ってしまったらしい。

「……ロイエ？」

瞬《まばた》きするシャオの顔を覗《のぞ》き込むようにして、ロイエが幼さの残るそばかすだらけの顔を綻ばせる。

「お客様が帰られたので、お清めにあがりました」

ロイエはシャオ専属の「半妓《はんぎ》」と呼ばれる男娼見習いだ。彼もまたトニストニアの侵攻を受けた小さな国の出身で、親兄弟を失い捕らえられたのだった。そして、容姿の愛らしさのために男娼見習いとして売られてきた。

シャオやロイエが働く男娼館ジュゲールは、トニストニアの帝都キトラの娼館街でもっとも高級とされる男娼館だ。トニストニア人はもちろん、侵攻された様々な国の美しい少年や青年たちが男娼として客をとらされている。

中でもシャオはトニストニアの言葉で最高級の黄金を意味する『アルス・アルータ』と呼ばれる高級男娼の位を与えられていた。

「また乱暴されたんですね」

シャオの身体《からだ》中に残された痣《あざ》を見て、ロイエが哀《かな》しげに顔を歪める。

「わたしが……いつまで経ってもまともにご奉仕できないのがいけないんだ」

シャオがゆっくりと起き上がると、腰まで伸びた長い髪が象牙色の肌に覆われた背中や肩をサラサラと滑った。

その髪は一見するとただの黒髪に見えるが、光に翳《かざ》すと青く透ける藍鉄色をしている。

シャオは土や煤《すす》に汚れてもなお美しい容貌《ようぼう》と、その藍鉄色の髪が珍しいと捕らえられ、見世物兼男娼として、五年前に男娼館ジュゲールに売られてきたのだ。

そうして『アルス・アルータ』として娼館主のダニロから厳しい躾《しつけ》を受け、娼館の一番奥に建てられた高楼に閉じ込められ、連日客をとらされていた。

「そんな……っ。シャオ様のせいじゃありません！　ダニロ様が……必要以上にシャオ様の髪色を謳《うた》い文句にするから……っ」

男の精と汗で汚れたシャオの身体を丁寧に洗い清めながら、ロイエが涙を滲《にじ》ませる。

「青みがかった髪というのは本当のことだから、ダニロ様のせいではないよ。『アルス・アルータ』の位を持ちながら、お客様を満足させられないわたし自身が原因なんだ」

ロイエのように半妓を一年務めた後、シャオはすぐに『アルス・アルータ』として客をとらされた。当然、男娼としての教育や躾は受けても、男に抱かれることを簡単に受け入れられるはずがない。

シャオはただただ性行為が恐ろしかった。

華奢《きゃしゃ》で小柄なシャオの身体を、客たちは玩具《がんぐ》のように扱う。

そして、決まってこういうのだ。

『青い髪のアルス・アルータのくせに、まともに客の相手もできないのか！』

客たちはシャオの藍鉄色の髪を真っ青な髪だと思い込んで登楼してくる。そして高い花代を支払ったあとで、シャオを見て必ず文句を垂れた。

客の罵声《ばせい》にシャオは愛想笑いのひとつもできず、恐怖に美しい顔を引き攣《つ》らせて身を硬くするばかり。さらには性技の未熟さを責められ、いたいけな身体を乱暴に犯される。

客のほとんどはトニストニアの将校や兵士、役人だ。ほかには国の繁栄にともなって金を儲《もう》けてきた商人たちが、物珍しさに登楼してくる。

だからキトラ一の『アルス・アルータ』であるシャオが、自分たちが攻め落とした小国の出身であると知ると、余計にひどく扱うのだ。

そんな日々を、シャオは男娼館ジュゲールの高楼に閉じ込められたまま五年も送ってきた。

『命に代えても守りたいと思ったものができたときだけ、開けて中を見るのよ』

火竜の吐く炎に焼かれて命を失った母の夢を、シャオは毎日のように見続けている。

託された革袋は、大事に木箱にしまって私室のベッドの下に隠していた。

……あれから、もう五年が過ぎたなんて。

ロイエの優しく丁寧な事後処理に身を任せつつ、シャオは込み上げる切なさと孤独感にこっそり唇を戦慄《わなな》かせた。

「それで、あの……シャオ様」

金糸や銀糸で彩られた新しい衣装を着付けながら、ロイエが口籠《くちごも》る。

「お疲れだと思うんですけど……実はもう、次のお客様が――」

ロイエが悪いわけがないのに、泣き出しそうな顔で告げるのに、シャオは静かに微笑《ほほえ》んでやった。娼館主のダニロが男娼に続けざまに客をとらせるのは、今に始まったことではない。

「大丈夫だから、そんな顔しないで……。ね、ロイエ」

栗色の巻毛を優しく梳《す》いて、シャオは部屋の入口で次の客を迎える準備を始めた。ロイエが急いでベッドを整え直していく。

シャオは鏡台に向かうと乱れた髪をとき梳かしていった。藍鉄色の髪が映えるよう、高楼には大きな天窓が施され、四方には細かな紋様を描く鉄柵で囲われた大きな窓が設《しつら》えてある。燭台《しょくだい》ひとつとっても、シャオの部屋のものはほかの男娼の部屋とは違っていた。『アルス・アルータ』にふさわしい部屋として、調度品のすべてが特別に設えられたものだった。中でも寝台の脇に置かれた鳥籠の中の青いカナリアは、青い髪の『アルス・アルータ』の象徴として、旅の商人から購入したのだ。

青い——深い藍色のカナリアなんて、シャオは見たことも聞いたこともなかった。青い髪の男娼に青いカナリアとなれば、その珍しさからさらに客が呼べると娼館主のダニロは法外な代金を商人に支払ったらしい。もちろん、その代金はシャオの稼ぎから引かれていた。

シャオはこのカナリアに『ラン』という名をつけて慈しんだ。ロイエにもいえない愚痴や弱音を、ランにだけはこっそりと打ち明ける。そうして、ひとりになると、ランを手にのせていっしょに懐かしいチンファの歌を歌うのだ。

シャオはジュゲールに売られてきてすぐに先代の『アルス・アルータ』の半妓となった

ため、高楼以外の娼館の造りも、ほかにどんな娼妓がいるのかも知らない。

ましてや『アルス・アルータ』となってからは、一度として高楼の最上階にある私室から出たことがなかったので、今のシャオにとってランだけが心の底からすべてをさらけ出せる存在だった。

ランといっしょに小さな声で歌うひとときだけが、シャオの心を癒《いや》してくれる――。

「それではシャオ様」

部屋を整えたロイエに客を通してよいか確認されて、シャオはこくりと頷《うなず》いた。

ロイエが高楼の下の控えの間に客を迎えにいく間、シャオは部屋の入口で跪《ひざまず》き三つ指をついて待つ。

脳裏には、あの……五年前の光景が浮かび上がっていた。

炎に焼かれた空。

真っ赤な火の海の中、逃げ惑う人々。

丘の上の王宮が、深紅の炎に包まれて燃え落ちていく。

そして上空には、おびただしい数の竜。

なにもかもを失ったあの日の哀しみを、シャオは一生忘れないだろうと思う。

「アルス・アルータ。お客様をお連れしました」

扉の向こうからロイエの声がすると同時に、高楼の鐘が鳴り響いた。

ジュゲールの『アルス・アルータ』のもとに客が登楼したことを知らせる鐘の音は、帝都キトラの街に響き渡り、それがいっそう、高級男娼であるシャオの値を上げる。

登楼を知らせる鐘の音は、利益至上主義の娼館主ダニロの考えた趣向だった。

「ようこそお越しくださいました。ジュゲールのアルス・アルータ、シャオにございます」

美しく眩《まばゆ》い衣装に身を包み、シャオは扉が開くと同時に恭しく平伏して客を迎え入れる。

シャオが頭を下げたままでいると、静かに扉が閉じた。ロイエは顔を見せることなく、客が帰るまで部屋には近づかない。

かすかに絨毯《じゅうたん》を踏みしめる客の足音を聞きながら、シャオは小さな違和感を覚えた。

いつもなら、客が部屋に入るなりシャオの髪色を見てがっかりした溜息《ためいき》をつく。

それなのに、今、目の前にいる客は、部屋に入ってくるなり黙り込んでしまった。

「……お客様？」

本来なら客から声がかけられない限り、自分から頭を上げてはいけない決まりになっている。しかし、いつまで経っても客が押し黙ったままでいるので、シャオはおずおずと顔を上げて客の表情を窺《うかが》った。

「……え」

目の前に立つ男の姿に、シャオは目を瞠《みは》った。

「シャ……オ？」

それは、客の男も同じだった。赤茶色の髪に屈強な体躯《たいく》をした男は、もしシャオの覚え違いでなければ、五年前のあの日、こつ然と姿の見えなくなった幼馴染みのドージェではないか……。

「ド……ドージェ？　ほんとう……に？」

何度も瞬きして、シャオは立派な青年に成長を遂げた幼馴染みの顔を見つめる。

「お前こそ、本当にあのシャオなのか……？」

トニストニア兵の平服に身を包んだドージェが、ゆっくりと膝《ひざ》をついてシャオの頬に手を伸ばしてきた。

「竜の炎に焼かれて……死んでしまったとばかり思っていたんだ――っ」

うっすらと目に涙を浮かべ、ドージェがシャオを間近に見つめる。

「ぼくっ……僕も、あの日、みんな……失ってしまったと……っ」

日に焼けた肌と焦げ茶の瞳《ひとみ》は、シャオがよく知る幼馴染みのものだ。五年の月日が彼の顔立ちをより精悍《せいかん》にしていたが、小さな頃から野山を駆けまわった悪ガキの面影はしっかりと残っている。

「お袋さん……駄目だったんだな」

ドージェが分厚い胸に抱きしめてくれるのに身を任せ、シャオはしゃくり上げた。

「ううっ……ん、……うあぁ……っ」

母を失い、故郷を奪われ、見知らぬ土地で籠の鳥となって五年——。

なにもかもなくして、生きる意味さえ分からずにいたシャオにとって、ドージェとの再会は予期せぬ希望の光を与えてくれた。

どれくらいの時間、シャオはドージェの腕の中で泣き続けていただろう。

「落ち着いたか？」

とんとん、と優しく背中を叩《たた》かれて、シャオはようやく泣き腫《は》らした顔を上向けた。

「ごめっ……なさい」

ともすれば、またぼろりと大粒の涙が瞳から溢《あふ》れてしまいそうになる。

「びっくりしたのと嬉《うれ》しいのとで、胸の中がグチャグチャになってしまって……」

美しい彩色を施された爪《つめ》を輝かせながら手の甲で涙を拭《ぬぐ》うと、シャオはやっとドージェに笑いかけることができた。

「オレの方こそ、まさか高級男娼館ジュゲールのアルス・アルータが……あのシャオだなんて考えたこともなかったよ」

そういったドージェの顔に隠し切れない陰が落ちているのを認め、シャオは胸にかすかな痛みを覚える。兄弟のようにかわいがっていた幼馴染みが、敵国の帝都で男に春をひさいでいたと知れば、誰だって同じような表情をするに違いない。ドージェの反応はもっと

もなことだと思った。

「戦のあと……人狩りに捕まって、ここに売られたんだ」

戦乱を生き抜き、やっと再会したと思ったら、男娼になっていたなんて、幻滅されても仕方がない。

すると、シャオの心の痛みを読みとったかのように、ドージェが大きくて分厚い掌《てのひら》で背中や肩を撫《な》でてくれた。

「シャオ、オレはずっと……お前のことを捜していたんだ。きっと、必ずどこかで生き延びているって信じていた」

「ドージェ……」

変わらぬ幼馴染みの優しい言葉に、シャオの双眸《そうぼう》にじわりと涙が滲む。

「けれど、まさかお前が……っ」

感極まったのだろうか。ドージェが声を詰まらせた。そして、髪飾りに彩られたシャオの藍鉄色の髪を凝視して頰を小さく痙攣《けいれん》させる。

「お前が……青い髪のアルス・アルータだなんて――」

ドージェが右手をそっとシャオの髪に伸ばして触れた。

まるで玻璃《はり》でできた宝物にでも触れるかのような手つきに、シャオはわけも分からず不安になってしまう。

「あのな、シャオ」

幼い頃よくしてくれたように、ドージェがシャオを胡座《あぐら》をかいた膝の上に腰かけさせてくれた。

乱暴な客にひどい性行為を強要されたあとだけに、シャオは背中越しに伝わってくるドージェの体温の心地よさに再度目頭を熱くしてしまう。

「オレは今、チンファ王国の再建を目指して、昔の仲間や周辺国の志士たちと活動をともにしているんだ」

久しぶりに心からの安堵《あんど》を得たと思った矢先、シャオは耳に飛び込んできた不穏な言葉にハッとした。

「この帝都キトラにも同志が大勢潜伏している。オレは周辺国に賛同者を募って旅をしていたから、キトラには先月になってはじめて入ったばかりなんだ」

ドージェの言葉の端々から、彼なりに大変な苦労を重ねてきたのだと悟る。

「仲間たちから帝都の情勢を聞いていくうちに、ジュゲールという高級男娼館に青い髪のアルス・アルータがいると聞いたんだ」

シャオは青――というには憚《はばか》られる自身の髪を静かに見やった。

「シャオ、お前は聞いたことがないか？　青い髪はチンファの王となる者にのみ、引き継がれる髪色だと……」

困惑に震えていたドージェの声が、今は湧き上がる興奮に上擦っていた。

「青い髪の王様の伝説は、僕だって知っている。……でも、こんな黒っぽい髪じゃなく、夏の空みたいな真っ青な髪だって言い伝えだったよね」

チンファ王国にはたくさんの昔話が残されている。青い髪の王の伝説もそのうちのひとつだ。しかし、言い伝えの多くはほとんどがお伽話《ときばなし》のようなもので、歴史的な根拠はなにひとつ残されていなかった。

「だいたい、青い髪の王様の伝説が本当なら、どうして僕たちの王様はチンファを……僕たちをトニストニアから守ってくれなかったんだ」

シャオはそういって、唇を嚙《か》みしめた。

ランが「ルルル……」とさえずる。まるでシャオの哀しみを癒そうとするみたいに。

生まれ育った亡き祖国・チンファ王国には、王となる者は青い髪を持って生まれ、その髪色とともに大きな力を引き継ぎ、代々不思議な力でチンファを守ってきたとされていた。

いにしえの王はチンファ全土が大規模な川の氾濫《はんらん》の危機にみまわれたとき、一夜で雨雲を掻《か》き消し、川の水を引かせたという伝説が残されている。

そのほかにもたくさん、チンファには代々の王たちの奇跡の逸話が伝説やお伽話として語り継がれていた。

「本当に僕たちの王様が奇跡を起こすような力を持っていたなら、こんなことには……

母さんが死ぬことも、僕が……こんなところに閉じ込められることもなかったはずだろう？」

シャオはドージェにいい募った。

「それは……そうだが」

ドージェもさすがに返す言葉がないようだ。

男娼館ジュゲールに売られてすぐ、シャオは娼館主のダニロから藍鉄色の髪を長く伸ばすように命じられた。黒みがかっているとはいえ、やはり青い髪は珍しがられたからだ。

ただ珍しいだけで、ほかに意味のない髪を見つめ、シャオは深い溜息をつく。

「青い髪の王様なんて、所詮《しょせん》、伝説に過ぎないんだよ。ドージェ」

ドージェの少し無精髭《ぶしょうひげ》の生えた顔を上目遣いに見つめ、シャオはさらに続けていった。

「それに、ドージェは王様の青い髪を見たことがある？　剣士団長だったおじさんは、王様にひと目でも会ったことがあった？」

ドージェは苦しげに眉間《みけん》に皺《しわ》を寄せるばかりだ。

「僕のまわりには、誰ひとりとして王様の青い髪を見たって人はいなかった……。宮殿に食料やいろいろな品を献上に上がっていた人も、誰も……青い髪の王様の姿なんて見たことがなかった」

「だが、シャオ。王の髪を見た者がいなくても、本当に王の髪は青かったかもしれない。

王が伝説の力を発揮する前にトニストニアに急襲されたのかもしれないだろう?」

シャオがどんなに青い髪の王は伝説に過ぎないといい張っても、ドージェは頑として譲らない。

「同志の中にはチンファの者もたくさんいて、ジュゲールのアルス・アルータがもしかしたら王族の生き残りかもしれないと期待している」

「そ、そんな……」

いきなり王族かもしれないといわれて、シャオは愕然とした。

なぜなら、シャオは生まれた頃から小さな村で母と二人で生きてきたのだ。王族どころか宮殿さえ遠く眺めるだけで、敬う対象ではあっても身近に思ったことはない。母のほかに身寄りはなく、父についてはどんな人だったのかさえ知らずに育った。

そんな自分が、チンファ王国の伝説の青い髪の王と関係があるなんて、信じられるわけがない。

ただ――。

ドージェの話を聞いて、どうしても藍鉄色の髪を意識せずにいられなかった。

人と異なる髪色は、シャオにとっては忌わしくさえあったのだ。物心ついた頃には髪は常に短く切って、炭を溶いた染毛剤で染めるよう母からも厳しく叩き込まれていた。

――決してこの髪の色を、他人に知られてはダメよ。

月に一度、シャオの髪を染めながら、母はまるで呪文《じゅもん》を唱えるようにいい聞かせ続けた。シャオの髪は、一見すると黒髪に見える。しかし、光に透けると青く光を反射するため、放っていたら周囲から奇異の目で見られたに違いない――。

神聖な儀式にも思えた染毛と言葉は、母の子を想う気持ちからに違いなかったと、シャオは今もそう信じて疑わない。

「だから……オレも知らずにいたんだな」

ドージェがシャオの髪をひと筋手にとって苦笑する。

「こんなに美しい髪を、ずっと染めて隠してきたなんて……もったいない」

毎日ロイエが何度も梳いてくれる髪は、ドージェの荒れた手の中でもサラサラと波打つ。

「染めずにいたら、きっと虐められたり……それこそ見世物にされていたかもしれない」

母を偲《しの》びながらぽつりと呟《つぶや》くと、ドージェがすかさず「それは違う」といい返した。

「お袋さんがこの髪を染めて偽り続けたのは、お前が王族の血を受け継ぐ者だったからに違いない」

焦げ茶色の瞳が揺るぎない光をたたえている。

「ドージェ、僕は……ただの農家の子だよ。今だって……アルス・アルータなんて呼ばれて着飾っているけど、ただの男娼に過ぎない」

期待を溢れさせる幼馴染みに気圧《けお》されながらも、シャオは小さく首を振った。髪飾りや首飾りが揺れて小さく音を立てる。

しかし、ドージェは譲らない。確信に満ちた面持ちでシャオを腕に抱きしめ、歓喜にうち震えている。

「シャオ、お前がいればチンファ王国の再興は夢じゃなくなる。お前にも伝説の王と同じような力がきっとあるはずだ」

「僕にそんな力があるわけない。だって、目の前にいた母さんすら救えなかったんだ。そんな僕に……伝説の青い髪の王様と同じ力があるわけないだろっ！」

シャオは逞しい腕の中で身じろぎすると、根拠のない期待を押しつけるドージェを睨《にら》みつけた。

けれど、肩越しに振り仰いだ幼馴染みの顔には、確固たる自信と未来への希望が満ち満ちている。

「俄《にわか》には信じられないというお前の気持ちも分かる。だが、シャオ。お前の存在は国や家族を失い、虐げられてきたチンファの人々の希望の星となるだろう」

「そんな、騙《だま》すみたいなこと……」

シャオは困惑するばかりだった。もうなにをいっても無駄のような気さえしてくる。

再会の喜びに久々に軽くなっていたシャオの心が、静かに曇っていく。

そんなシャオに構わず、ドージェは逸《はや》る気持ちを抑え切れない様子で語り続けた。

「たとえもうこの世に王族の血を引いた者がいないとしても、オレはトニストニアを倒して親父《おやじ》たちの仇を討つ。チンファ王国再興のためだけにこの五年間、必死に生き抜いてきた」

　祖国再興の夢を熱く語るドージェの表情は、シャオがよく知る幼馴染みのものとはすっかり変わってしまっていた。

　あの戦のあと、ドージェもきっとシャオに劣らない辛《つら》い想いや経験をしてきたに違いない。彼の夢は父の後継となって王国の剣士団長になることだった。その夢だけでなく家族や国まで奪われたのだから、再興にかける想いは幾ばくのものか計り知れない。

「祖国の再興が叶《かな》えば、お前やチンファの人たちだけじゃなく、トニストニアに虐げられてきたたくさんの人や国が自由になるんだ」

　西の小国だったトニストニアがどれほどの国を攻め滅ぼしてきたのかは、シャオもこの数年の間に身をもって知っていた。帝都キトラの郊外には様々な国の難民が溢れ、街の中にも多種多様な人々が暮らしていると聞いている。

　その人たちはみんな、シャオやドージェと同じように、国や大切な人を奪われたのだ。大きな哀しみを背負った人々の気持ちは、シャオにも痛いほど理解できた。

「いつか必ず、お前をこんなところから救ってやる」

　再び大きな手がシャオの肩を掴んだ。その力強さに、堪《たま》らず顔を顰《しか》めてしまう。

「ド、ドージェ……？」

これまでになく真剣な表情で見つめてくるドージェに、シャオは一瞬息を呑《の》んだ。

「そのためには、シャオ。お前の協力がどうしても必要だ」

「え……？」

高級男娼館の高楼に閉じ込められている自分に、いったいなにができるのだろうとシャオは首を傾《かし》げた。

「ここにやってくるトニストニアの高官や役人、兵士たちから、情報を聞き出してくれないか」

「――っ！」

思わず耳を疑った。

驚きに瞠目《どうもく》するシャオに、ドージェが昔と変わらない優しい微笑みを浮かべ、声を潜める。

「辛い仕事を頼んでいる自覚はある。しかも、お前はオレたちの王となる大切な存在だ。だが……もしお前が、チンファ王国の再興と自由を手に入れたいと望むなら、どうか力を貸してくれ」

そういうとドージェはシャオの身体からそっと離れ、まるで王に仕える剣士のような態度で跪いた。

のだろう。

「ドージェ、やめてよ……っ」

　慌てて頭を上げるように促すが、ドージェは頭を下げたまま微塵《みじん》も動かない。きっと、シャオが間諜《かんちょう》の仕事を引き受けると約束するまで、彼はずっとこの体勢でいるつもりなのだろう。

「……分かった。僕で……ドージェの力になれるのなら――」

　父親や兄弟のいなかったシャオに、ドージェはいつも兄のように接してくれた。五年ぶりに再会を果たし、男に身体を売っていると知っても、変わらず優しく抱きしめてくれた。

「本当かっ？」

　ドージェがパッと顔を上げる。その満面には歓喜が滲んでいた。

「たいして役に立てないかもしれないよ？」

「そんなことはない。青い髪の王がオレたちを導いてくれるというだけで、士気が大いに上がるんだ」

「青い髪の王だなんて……。僕はただの男娼だっていってるだろう？」

　大袈裟《おおげさ》なほど喜んでみせるドージェに、シャオは複雑な想いを伝え切れなかった。

　もし、チンファ王国が……故郷が取り戻せるなら、この籠の中から自由になれるなら、それはとても嬉しい。

　けれど、そのためにドージェや故郷の人たちが危険なことをするんじゃないかと思うと、シャオは気が気でなかった。

「シャオもいっしょに闘ってくれると思うと、オレもいっそう頑張れる」

しかし、ドージェにそういわれると、もう後にはひけなかった。

そうしてその翌日から、シャオは登楼するトニストニアの兵士や役人、トニストニア王の暮らす城で働くという男たちから、様々な情報を聞き出すようになった。

どんな些細《ささい》なことでも構わないから——といわれたとおり、シャオは男たちの腕の中で寝物語を促すようにしてトニストニアに関する情報を聞き出していった。

「じゃあ、ロイエ。よろしく頼むね」

シャオは男たちから得た情報を手紙にしたため、ロイエにお使いを頼むついでにドージェやその仲間たちに手渡してもらう。

籠の鳥であるシャオは高楼の部屋から一歩も出られないが、半妓であるロイエは専属の男娼の小間使いとして決められた日だけ、外に買い物に出ることが許されていたのだ。

しかし、半妓が外出するときは、必ずその足首に娼館ごとに音色の違う鈴をつける決まりがあった。つまり自由に外出はできても、鈴の音で「あの子供はジュゲールの半妓だ」と分かる仕組みになっていた。

鈴の音を鳴らしてロイエが外出するほどに、キトラに潜伏するドージェの仲間たちの間に、青い髪の王の血を受け継ぐかもしれないシャオの噂《うわさ》がじわじわと広がっていった。

そうしていつしか、シャオは自覚のないまま、密《ひそ》かにチンファ王国再興の、ひいては反トニストニア勢力のシンボルに担ぎ上げられていたのだった。

やがて使いに出たロイエは、手紙と交換とばかりにシャオ――青い髪の王への貢ぎ物を預かって戻ってくるようになった。

「みんな、シャオ様のことをお慕いしているんです。シャオ様がどんなに美しくて心優しく、気持ちのお強い方か、ボクもつい嬉しくなってお話ししてしまうんですよ」

ロイエもまた、ドージェが語る祖国再興の夢に酔い痴《し》れていた。

シャオはそんなロイエや、顔も知らない同郷の人たちを思うと、どうしても胸が痛くなってしまう。

青い髪の王だなんて……。

僕はただの……穢《けが》れた男娼に過ぎないのに――。

しかしそれでも、自分より苦しい生活を強いられているであろう志士たちの想いに、少しでも報いることができるならと、シャオは今まで以上に積極的に客をとるようになった。

苦手だった性技にも以前以上に心を込めるようにして、乱暴な挿入や手ひどい責め苦にも、シャオはひたすら耐えた。

少しでもドージェたちに有益な情報が得られるなら――と。

心の奥の本当の気持ちと、ドージェたちへの想いの板挟みに苦しむ日々。

そうしてひとりになると、シャオは鳥籠からランを手の上に呼んで、優しいさえずりに耳を傾けともに歌う。

歪んでいく心を、ランの清らかな声だけが癒してくれるのだった。


ドージェとの再会から二度目の満月を迎えた夜のことだった。

「シャオ様、今宵《こよい》のお客様は……今まで登楼してきたトニストニア兵とはどこか少し違うお客様ですよ」

客の登楼を告げに部屋に現れたロイエが、不安と期待が綯《な》い交ぜになった微妙な表情でシャオにいった。

「そう……」

ドージェの……自分に期待してくれる人たちの役に立てるならと、以前の倍以上の客をとるようになっていたシャオは、少しやつれた表情で微笑んだ。

ロイエの言葉から、今から相手をするのは初見の客なのだろうとぼんやり思う。

――どんな客でも、できることはたったひとつしかない……。

「……頑張らないと」

溜息をつき、自身を奮い立たせる。

それでもシャオは、今宵はどんな言葉で蔑《さげす》まれ、どんな仕打ちを受けるのだろうという不安が拭い切れなかった。

やがて客の登楼を告げる鐘の音が帝都キトラの夜空に響き渡る。

きっと街の人々は、ジュゲールの青い髪のアルス・アルータはとんでもない淫乱《いんらん》だと噂していうるに違いない。

そう思うと、自然とシャオの目に涙の粒が浮かんだ。

そのとき、静かに扉が開いた。

シャオは慌てて涙を拭い、いつもと同じ動作で平伏して客を迎え入れる。

「ようこそお越しくださいました。ジュゲールのアルス・アルータ、シャオにございます」

今宵の衣装は黄金を折り込んだ絹織物を贅沢《ぜいたく》に使用したものだった。トニストニアが侵略した北方の国で採れたという金剛石と、チンファの海で採れた真珠を袖口や襟に飾りつけた、上客中の上客を迎えるときのための衣装だ。シャオの細身の身体には、この衣装の重さはひどくこたえる。

それでも平然として薄く笑みをたたえ、シャオはゆっくりと顔を上げた。

「なんだ。真っ青じゃないのか」

もう何度も聞かされた台詞《せりふ》を客の男が吐き捨てた瞬間、シャオは思わず目を瞠った。

「……っ」

黄金を溶き流して染めたのかと思うほど光り輝く金髪と、新緑の若葉を思わせる透きとおった瞳の美丈夫が、胸を反り返らせてシャオを見下ろしている。

「どうした？　俺の顔になにかついているか？」

「い、いえっ……。失礼いたしました」

シャオは慌てて目をそらし、再び頭を下げた。

ロイエの言葉どおり、今までシャオを興味本位で抱きにきた男たちと、目の前の男はなにもかもが違っている。

シャオの黄金の衣装など、男の金髪の足許にも及ばない。くっきりとした目鼻立ちと、トニストニア人特有の白い肌。鍛え上げられた体軀は、ドージェのような肉弾を思わせるものとは異なって、獅子《しし》のようなしなやかさを感じさせる。

「さあ、どうぞこちらへおかけになって、まずは一献……」

慣例に従って、シャオは男を猫足のテーブルへ促した。テーブルの上には、西国の海沿いの街で作られた酒器のセットと、帝都キトラ郊外の丘陵地帯で生産された葡萄《ぶどう》酒が用意されている。

「キトラ一の高級男娼館ジュゲールの青い髪のアルス・アルータが、どれほどのものかと登楼してみたんだが……」

トニストニア兵の平服を身に着けてはいるが、シャオは男の生まれがそれなりの階級だとすぐに察した。

椅子《いす》には腰かけず、男がしげしげとシャオの腰まで伸びた髪を見つめる。

「看板に偽りあり……とまではいわないが、あとで娼館主にひと言いってやらんと気が済まないな」

いいつつも、男はほかの客のようにシャオを怒鳴りつけたり、娼館主のダニロを呼びつけたりはしなかった。

「ん……？　この鳥は、ブラウフィードじゃないか？」

珍しい調度品で飾られた部屋を見まわしていた男が、ふと寝台脇の鳥籠に目をとめる。

「ブラウ……フィード？　青いカナリアではないのですか？」

シャオは首を傾げた。

男が鳥籠に歩み寄り、ランに向かって「チチチ」と舌を鳴らす。

「カナリアによく似ているが、まったく別の鳥だ。まさか、キトラでこの鳥を目にするとはな」

驚きながらも男はランに語りかけるように顔を籠に近づける。

ランは男に怯《おび》える様子もなく、小さく首を傾げては尾羽を揺らして小さくさえずった。

「娼館主のダニロ様が青いカナリアなんて珍しいと、わたしのために買い求めてくださったのです」

男がシャオを振り返り、苦笑する。

「遠征で様々な土地にいったことがあるが、青いカナリアは見たことがないな」

男の声に応《こた》えるように、ランが「ルルル……」と鳴いた。

「トニストニアの遙か西方から、さらに海を越えた大陸に生息する鳥で『ブラウフィード』というらしい。深い藍色の羽が証拠だ。一度だけ、もう死んでしまっていたが、見たことがある。冬になると海が波打つかのような大きな群れを成して、渡りをするそうだ」

「渡り鳥なのですか？」

シャオはランがたくさんの仲間から引き離されてここにいることをはじめて知った。

買い求めたダニロも、きっとランのことは突然変異したカナリアだと思っていたに違いない。

「可哀想《かわいそう》に……。自由になって仲間のもとへ帰りたいだろうに」

男が心底哀しそうな声で漏らすのに、シャオはどう答えていいのか分からない。

「囚《とら》われの籠の鳥……お前もか？　アルス・アルータ」

男が振り返り、煌《きら》めく緑の瞳でシャオを見つめる。

「……ルル、ルルル」

黙り込んでしまったシャオに代わって、ランが歌い出す。籠の中で羽ばたき、踊るように――。

　すると、男が鳥籠から離れてようやく椅子に腰を下ろした。

「主《あるじ》を虐めるなと、叱られたようだな」

　くしゃりと破顔する男に、シャオはようやく口を開く。

「あ、あの……お名前を伺ってもよろしいでしょうか？」

　男にグラスを手渡しつつ訊《たず》ねた。ほかの客のように恐ろしいわけではないのに、不思議と目を合わせていられない。

「トニストニアの竜兵団をまとめているシュタールだ」

「シュタール……様」

　繰り返し呟いた途端、シャオの胸が小さく震えた。

　シュタールなんて名前……トニストニアではよくある平凡な名前なのに……？

　美しい金髪と吸い込まれそうな翠玉《すいぎょく》色の瞳に魅入られでもしたのだろうか。

　シャオはこれまでの客に感じたことのない胸の高鳴りを覚えて不安になる。

「それにしても、変わった髪の色だな」

　シュタールはごく自然にシャオの酌を受け、見蕩《みと》れるような仕草でグラスを口許に運んだ。葡萄酒を飲み干す姿まで、シャオの目にはとても優雅に映る。

　男らしい精悍さと優美さを合わせ持つシュタールに、シャオはわけもなく興味を惹《ひ》かれた。男娼館にやってくる男など、性欲を持て余しているかとんでもない嗜好《しこう》の持ち主だとばかり思っていたのに、シュタールはそんな客たちとは醸し出す雰囲気があまりにも違っている。

「生まれたときから、その髪色なのか？」

五年の間で完璧《かんぺき》に叩き込まれたトニストニア語で、シャオは澱《よど》みなく、けれどかすかな緊張を覚えながら答えた。

「はい。……人と違う髪のせいで虐められやしないかと、母が月に一度、髪を切って黒く染めてくれていたんです」

「子供想いの優しい母なのだな」

シュタールがグラスを手に目を細める。

その表情に、シャオは少し驚いた。

今までシャオの髪を目当てに登楼してきた客とは、やはりどうも違う気がする。

獣じみた情欲の匂《にお》いもしないし、酒を注がせて乱暴な行為に及ぶような気配もない。

「母と二人だけの家族でしたので、ことさら優しく……そして厳しく育ててくれたのだと思います」

今は亡き母の面影を脳裏に描きながら、気づけばシャオは客の誰にも語ったことのない思い出話をシュタールに話していた。

「気を悪くしないでほしいのだが、父親は……？」

シャオが母と二人、田畑を耕してつましく暮らしていたと語って聞かせると、シュタールが遠慮がちに訊ねてきた。

「わたしは父のことは一切知らずに育ちました。母がなにも話してくれなかったので……」

なにか事情があったのだろうと思えるようになるまで、幼かったシャオは随分と寂しく哀しい想いをしたと、苦笑交じりにシュタールに語った。

「兄のようによくしてくれた幼馴染みから、こっそり聞いたことがあるんですが、母はわたしを身籠ったために親族と疎遠になったらしいんです」

「婚姻を認められない相手の子を……身籠ったのか」

人によっては嫌みにしか聞こえない台詞が、シュタールの口から発せられると不思議と慈しみが感じられた。

「それでも母は、わたしに何度も『生まれてきてくれてありがとう』といってくれました。決して裕福な暮らしではありませんでしたが、わたしたちはとてもしあわせでしたから」

しみじみと、シャオは語った。

畑仕事は辛いことの方が多かったが、収穫の喜びはなににものにも代え難く、母が作る手料理はきっとこの世界で一番おいしいに違いないと信じていた。

「夜、母と二人で星空を眺め、まるでわたしの髪を空いっぱいに広げて、星の飾りを散らしたようだと、よく笑って話したものです」

しあわせだった日々。

もしドージェがいうとおりトニストニアを倒して、あの頃に戻れるのなら戻りたい。

でも、そのためにまた戦が起こるのなら、シャオは耐えられないと思った。

二度と、あんな苦しみは味わいたくない。

大切な人だけでなく、すべてを失うような戦を終えたあと、本当にあの頃のような幸福な日々が約束されているわけじゃないのだから……。

「お前の母も、きっと美しい人なのだろうな」

遠い過去に想いを馳《は》せていたシャオの耳に、シュタールのなにげない言葉が飛び込んできた。

「……あ」

ハッとして目を向けると、シュタールの澄んだ緑の瞳がシャオを見つめていた。

その優しい眼差《まなざ》しに、シャオは思わず口を滑らせてしまう。

「五年前の……チンファの戦で、亡くなりました……」

「え」

少し厚めの唇を中途半端に開いて、シュタールが驚き、声を漏らす。

「チンファの戦で……か？」

大きく見開かれた翠玉色の瞳が、シャオを凝視していた。

「も、申し訳ありません。戯《ざ》れ言《ごと》だと、どうかお聞き流しください……っ」

シャオは慌てて床に平伏し許しを請う。

竜兵団をまとめているといった客を前に、なんてことを――。

後悔してももう遅い。シャオの背中を冷汗が滴り落ちた。

「アルス・アルータ」

シュタールが静かにシャオを呼ぶ。

「もし、お前の母にあの世で会えたら、俺はこの首を差し出して謝罪しよう」

今度はシャオが驚く番だった。

「……え？」

思わず頭を上げたシャオの髪を、シュタールが大きな手で撫でてくれたのだ。

「戦はトニストニアに富と広大な国土をもたらしたが、同時に多くの人々を死に追いやった。竜兵団をまとめる者を目の前にして、お前も本当は縊《くび》り殺したい想いでいっぱいなのだろう？」

シュタールが双眸に哀しみをたたえ、藍鉄色の髪を優しく撫で梳く。

「いえっ……、いいえ！　そんな大それたことなど……っ」

そう答えるのが精一杯だった。

シュタールは憎いトニストニアの竜兵団の人間だ。母を殺し、国を奪い、シャオを男娼の身に堕《お》とした諸悪の根源ともいえる相手だ。

それなのにシャオは、胸に言葉にできないぬくもりが溢れるのを感じていた。

「シュタール様……っ」

優しさと慈しみしか感じられない手に髪を撫でられながら、再び深く頭を下げる。

「母も……きっと今のお言葉を頂戴《ちょうだい》できただけで、憎しみや恨み……未練も捨て去り……黄泉路《よみじ》を往けると思います……っ」

堪《こら》え切れずに嗚咽《おえつ》が漏れる。細い肩が震えると、派手な衣装を飾る宝石が揺れた。

「すまない。辛い記憶を思い出させてしまったな」

髪を撫でていたシュタールが身を屈《かが》める気配を感じた直後、シャオはなんともかぐわしい芳香に包まれていた。

「シュ……タール様っ」

驚きに全身が強張《こわば》った。

シュタールがその逞しくも優しい腕でシャオを抱きしめ、低く落ち着いた声で囁《ささや》く。

「せっかくの美しい顔が台無しだ。青い髪のアルス・アルータ、どうか泣きやんで笑ってくれないか」

「……あ、あ」

言葉が出ない。

ただただ、涙が溢れて止まらない。

シャオは困惑と感動の波に翻弄《ほんろう》されながらも、そろりとシュタールの大きな背中に腕をまわした。

今までシャオを抱き犯した男たちとは、なにもかも違う。

興味本位で登楼してくるトニストニア兵や、威張り散らす役人たちや金持ちたちの中に、シュタールのような男はひとりとしていなかった。

「シュタール様……」

シャオは随分と長い時間、シュタールの腕に抱きしめられたままでいた。

しかし、なんとか嗚咽を押し殺し、涙を拭うと、そっと自ら身体を引いて優しいぬくもりを遠ざけた。

「申し訳ありません。せっかく登楼してくださったのに、もてなすどころか醜態を晒《さら》したわたしを……慰めていただいて――。アルス・アルータとして失格です」

再びシュタールの足許に跪くと、シャオは慇懃《いんぎん》に頭を下げた。

そして、ゆっくりと顔を上げると、泣き腫らして少し赤くなった目許を細め、美しくも凛々《りり》しい今宵の客に極上の笑みを送る。

「どうか、存分にわたしを抱いてくださいませ」

形式と慣例にのっとって言葉どおりにしか口にしたことのない台詞を、シャオは男娼となってはじめて、想いを込めてシュタールに告げた。

「恥ずかしいことなのですが、わたしはこの髪と容姿のみでアルス・アルータの位を戴《いただ》いたのです。お客様に春をひさぎ、心地よい夢をお見せするための手管など……持ち合わせていません」

ドージェに頼まれて客から情報を引き出すため、苦手な性技や性行為にも前向きに挑んではきたが、それでもシャオを抱いて心から満足した様子の客はいない。

ただ珍しい容姿のアルス・アルータを抱いたという、自慢話の種を持ち帰るばかりで、そういう客はほとんど二度とシャオの前に姿を見せることはなかった。

「ですが、今宵は……わたしなりにすべてを注いで、シュタール様に春を――」

「いいんだ。アルス・アルータ」

黙ってシャオの話を聞いていたシュタールが、身を屈めたままシャオの頤《おとがい》を長く節のない指で掬《すく》った。

「俺はお前を抱きたくてきたんじゃない」

穏やかな微笑みをたたえたまま、シュタールは若葉色の瞳でシャオを見つめていった。

「本音を明かせば、青い髪とはどのようなものか、この目で確かめたかっただけなんだ」

「……そ、そのために？」

噂の青い髪を見たかった――ただそれだけのために、高額な花代を払ったのかと思うと、シャオはシュタールがなにを考えているのか分からなくなってしまう。

「子供の頃から、気になったことは自分で確かめないと気が済まない性質《たち》なんだ。兵たちの中に何人かジュゲールのアルス・アルータを買ったと自慢げに話す馬鹿がいて、『春の海か夏の空のごとき髪色だった』と豪語するものだから」

「……それは……」

シャオは少し申し訳なく思った。

――春の海か夏の空のごとき髪色。

それは、高級男娼館ジュゲールの主であるダニロが、シャオを高く売るために世間に吹聴している、いわば偽りの謳い文句だったからだ。

おそらくダニロはシャオのもとへ登楼した客になにがしかの見返りを与え、髪の色を偽っていいふらすよう仕向けているのだろう。

「そこまで見事に青い髪なら、アルス・アルータを抱かずとも一見の価値はあるんじゃないかと思ってな。それで、登楼した」

「わたしの髪を、見たいがためだけに……ですか？」

「ああ」

にこりと子供っぽく笑うシュタールの言葉に、シャオはなぜか苦痛を感じた。胸の奥の方を抓《つね》られたような、チリッとしたかすかな痛みだ。

「おかげで、ジュゲールの主が大嘘つきだと分かってよかった」

確かに、ダニロは利益至上主義でこの男娼館を繁盛させるために、ときには平気な顔で嘘をつき、非道で非情な行為もするという。しかし、ジュゲールの男娼や使用人たちには、厳しくありつつも節度をもった態度で接していた。

つまりダニロは利益至上主義だが、拝金主義ではないのだ。

そんな娼館主を、シャオは特別好きだと思ってはいないが、決して嫌悪してもいなかった。

「ではシュタール様。今夜このあと娼館を一歩出られたら、わたしの髪が真っ青な空のようではなく、海に墨を溶いたような髪だと皆にふれてまわりますか？」

不安ではない。

けれど、期待でもない。

シャオはただ、シュタールが自分をどう思ったか知りたくて、そんな質問を投げかけた。

「では反対に訊ねるが、俺が真実を明かしたとして、いったい誰が得をするというのだ？」

シュタールが悪戯《いたずら》っぽく片目を眇《すが》め、シャオの顎《あご》をクイッと持ち上げる。

「そ……れはっ」

美しく整った顔が間近に近づいて、シャオは知らず頬を染めた。答えに詰まり、目を合わせているのも気恥ずかしくて堪らない。

ふいっと目を背けると、シュタールがおかしそうに笑った。

「アルス・アルータ、シャオよ。お前は素直で、心根が美しい」

シュタールの指が離れたかと思うと、すぐに大きな掌に頬を撫でられる。

「あっ」

途端に全身に甘い痺《しび》れが走り抜け、シャオは困惑の表情でシュタールを見返した。

シュタールの手が触れた頬が、火傷するように熱い。

けれどその熱は、竜が吐く火のような凶暴な熱ではなかった。

じんわりとして優しく、穏やかな熱だ。

その熱が、頬からシャオの全身へと静かに広がっていく。

シャオはもう……シュタールの瞳から目が離せなくなっていた。

「確かに髪の色は空の青と異なるが、光に透けると西の果ての海の色に似て群青に見える。象牙の肌はトニストニアのどんな女よりも肌理《きめ》が細かいし、それにその……お前の瞳――」

「……目、ですか？」

鼓膜を心地よく震わすシュタールの声に聞き入りながら、シャオはぽつりと問い返す。

「ああ、お前の瞳は深海に眠る黒真珠のように美しい」

「そ、そんな……っ」

髪の色や容姿をあれこれと褒めそやされたことはあったが、ただの黒い瞳を真珠のようだといわれたことなど今までになかった。

いつの間にか全身に熱がまわり、顔が真っ赤になっていることに気づいて、シャオは慌てて衣装の袖で顔を隠した。

「どうして隠すんだ？　かわいらしいと褒めているのに」

なのにシュタールはシャオの細い手首をとって、「顔を見せておくれ」と甘く囁く。

「人の容姿には、必ずその心根が表れる。たとえどんなに美しく、凜々しく、清純に見えても、それが偽りである限りは必ず醜い心が滲み出るものだ」

そういうと、シュタールが軽々とシャオの身体を重い衣装ごと抱き上げた。

「あっ」

ほんの一瞬の出来事に思わず声をあげたシャオに、シュタールが大きな声をあげて笑う。

「ははは、悪い。驚かせてしまったか？　しかし、シャオは軽いな。しっかりと食べてもう少し太らないといつか身体を壊してしまうぞ」

シュタールがシャオを抱いたまま、天蓋《てんがい》付きのベッドへ腰を下ろした。

「あ、あの……っ」

いよいよ抱かれるのかと、シャオははしたなくも淡い期待を胸に抱く。

だがその期待はあっさりと打ち砕かれてしまった。

「さあ、シャオ」

いつの間にか『アルス・アルータ』という位ではなく、シャオを名前で呼んでシュタールが微笑む。

いくらシャオが小柄で細身だといっても、多くの髪飾りや宝石を散りばめた衣装でかなりの重さになっているはずだ。

なのにシュタールはベッドに胡座をかくと、まるで子猫でも抱くように膝の上にシャオを抱きかかえた。

「お前の国……チンファには夢物語のような伝説がたくさん伝わっていると聞いたことがある。俺にその話を聞かせてくれないか?」

「チンファの伝説を、ですか……?」

シャオは驚いた。帝都キトラの娼館街でももっとも高額な花代を払っておきながら、男娼を抱きもせずにお伽話を聞かせてくれなんて、そんな客の話は聞いたことがない。

「あの……わたしは語りべではなく、男娼ですよ?」

「男娼にお伽話をさせてはならないという決まりでもあるのか?」

背中からしっかりとシャオを抱きしめて、シュタールが少し意地悪に微笑んだ。

「俺はお前が気に入ったよ、シャオ。青い髪のアルス・アルータなんて、どんな見てくれだけの高慢な男娼かと思っていたんだが、お前は本当に美しいし、心が素直で清らかだ」

そういうと、シュタールはシャオに半妓を呼んで菓子と甘いくだものを持たせるようにいった。

「これは、気がつかず申し訳ありませんでした。シュタール様は甘味がお好みだったのですか？」

「違うんだ。俺はさっきの葡萄酒をもらうが、シャオ、お前は菓子の方が好きだろう？」

「わたしに、菓子を？」

今宵、シャオは何度驚き、目を瞬かせばいいのだろう。

「お伽話の語りべが酔ってしまっては困るだろう？」

翠玉色の瞳と金糸の髪がシャオの目の前で優しく揺れる。

シャオはコクリと頷くと、枕許《まくらもと》の呼び鈴を手にしたのだった。

「シュタール様はチンファ王国をどんな国だと？」

シュタールが手づからシャオに砂糖菓子を食べさせてくれたのを、気恥ずかしく思いつつ嚥下《えんか》してから、シャオは衣装の裾《すそ》と姿勢を正した。

「噂によるとチンファ王は真っ青な髪をしていたらしいが、お前の祖国には青い髪の者がふつうにいたのかい？」

グラスに葡萄酒を注ぎながら、シャオはニコリと微笑んで首を振った。

「いいえ、シュタール様。青い髪の王こそが伝説なんですよ。いにしえの昔から……王宮に勤めた人たちですら、王様や王族の青い髪を見た人はいないんです。それにチンファにはわたしが知る限りこんな髪の人はほかに誰ひとりいませんでした。だから、青い髪の王のお話は本当にただの伝説、お伽話なのだと思います」

夢のないお話で申し訳ないのですが――と断ってから、シャオは上目遣いにシュタールの顔色を窺う。

「それでも、チンファ王国に伝わる伝説はどれもとても不思議で、冒険をしているような気分にさせてくれるものばかりです。青い髪の王の言い伝えはとくに壮大で、わたしも大好きなのですよ」

「それは是非、聞かせてもらいたいな。シャオ」

シュタールが興味深げに前のめりになって目を細めるのを認め、シャオは「では、お話ししましょう」と咳払《せきばら》いをひとつしてみせた。

そうして花代分の時間をたっぷり使って、幼い頃から母やまわりの大人たちに聞かされてきた、チンファに伝わる伝説や偉大な王たちの奇跡をシュタールに語って聞かせたのだった。

「シャオ様、聞いてください！」

シュタールが帰っていったあと、ロイエがひどく興奮した面持ちでシャオのもとに戻ってきた。アルス・アルータの客を娼館の門まで見送るのも、半妓であるロイエの仕事だ。

「娼館内を走ると、ダニロ様に叱られるよ、ロイエ」

シャオはランを手にのせたまま、扉を蹴飛《けと》ばさんばかりの勢いで飛び込んできたロイエを叱った。

「そんなことより、あのシュタール様。もしかしたら、すごい身分の方かもしれないですよ！」

ロイエはシャオが顔を顰めるのもまったく気にしないで続ける。

「控えの間に、従者が待ってらしたんです。それも二人も！　もしかしたらシュタール様は、王族に近い人かもしれませんよ」

そういうロイエの顔には、ドージェに伝えるためのいい情報源になるのではないかという期待があからさまに浮かんでいた。

「まさか……」

答えつつも、シャオの脳裏にロイエのいうとおりかもしれないという疑念が過《よぎ》る。シュタールの全身から溢れる品のよさや物腰、仕草のひとつをとっても、身分ある生まれだと窺えたからだ。

「そんな身分の高い人が、わたしのような男娼を買いにくるわけがないよ」

「一応ドージェ様にお伝えしますか？」

「……そう、だね」

ロイエに頷きながら、なぜかシャオは心が暗く澱むのを感じていた。


果たして、翌日、ロイエを通じて知らせを受けたドージェがさっそく登楼してきた。

「とても品位のある……少し変わった感じの人だった」

娼館街がまだ居眠りをしている昼下がり、部屋を訪ねてきたドージェにシャオはシュタールのことを話した。

「変わった、感じの客？」

ドージェが訝《いぶか》しんで片眉《かたまゆ》を上げる。

「そうなんだ。僕に……触れもしないで、チンファの伝説を話してくれって――」

ドージェに花の香りを染み込ませた茶をすすめながら、シャオは脳裏に目にも眩《まぶ》しい金髪と、翠玉色の瞳を思い描いた。

「チンファの……伝説？」

問い返すドージェに、シャオはこくりと頷く。

シュタールは花代分をしっかりシャオの部屋で過ごしていった。

といっても、いやらしいことは一切せず、葡萄酒を飲みながら楽しげにチンファ王国の伝説を聞いていっただけだ。

足が痺れやしないだろうかと心配になるほど、シュタールはまるで仔犬《こいぬ》でも抱くかのようにシャオを膝に抱え、ときに笑い、ときに驚き、ときに真剣な顔をして話に聞き入っていた。

「青い髪の王の伝説が、一番お気に入りの様子だったよ。シュタール様は僕の髪の噂を聞いて、真偽を確かめるために登楼したとおっしゃっていたくらいだから」

そういった途端、ドージェの顔色が一瞬で変わった。

「シャオ、まさかお前、自分が王の血を受け継ぐ者だなんていってないだろうな？」

今まで見たことのないドージェの恐ろしい形相に、シャオは身体を強張らせながら首を振る。

「そんなこと、僕自身、信じられないでいるのに、いうわけないじゃないか……っ」

シャオ自身、この藍鉄色の髪は突然変異だと思っている。ただの農家の息子である自分が、畏《おそ》れ多くもチンファ王の血を受け継いでいるなんて、冗談でも口にできるはずがなかった。

「なら……いい」

シャオが恐怖に顔を引き攣らせるのを認めてか、ドージェが申し訳なさそうにいって溜息をつく。

「ドージェが心配するようなことは、なにも訊《き》かれなかったから安心してよ。僕も自分は農村の生まれだと正直に話した。シュタール様は僕の思い出話や伝説をひととおり聞き終えると、楽しかったって笑ってお帰りになったんだ」

ほんの欠片《かけら》の嘘もないと、ドージェを見つめて告げる。

「だから本当に、ただ興味があっただけじゃないのかな」

「うーん、でもなぁ……」

それでもドージェは疑いが拭い切れないらしい。

ドージェの傷だらけでゴツゴツした手をそっと握ると、シャオはシュタールがどんな人物だったかを丁寧に語って聞かせた。

シャオの母が五年前の戦で死んだと聞いて、男娼である自分に跪いて謝罪してくれたことや、泣きやまない自分を抱きしめて慰めてくれたこと。

そして、男娼であるシャオを裸にすることなく、膝に抱いてまるで子供にするように接してくれたことを話した。

「本当に……変わっているな。そのシュタールという男」

ドージェはシュタールがシャオにひたすら優しく接したと聞いて驚いた様子だった。だが、その驚きが新たな疑念を抱かせたようだった。

「しかし、お前から聞いた身なりや言葉の端々から察すると、その男は竜兵団をまとめているといったらしいが、将校か……もしかしたらロイエが予想したように、王族に近い身分の男かもしれないな」

すっかり冷めてしまった茶で喉を潤して、ドージェが鋭い瞳をシャオに向ける。

「シャオ、その男がもし今後も登楼することがあったら、どんな些細なことでも構わないから、トニストニア兵の様子や内部の情報を聞き出してくれ」

今度はドージェがシャオのか細い手を握っていった。

「でも……またいらっしゃるかどうか」

シャオの髪色を確かめるために登楼したシュタールが、再び現れる確率はかなり低い。なぜなら彼はもう、シャオの髪がキトラの街で噂されるような真っ青でないことも、アルス・アルータと呼ばれてもてはやされてはいるが、所詮は農民出身の孤児だということも知っているからだ。

シャオを抱く気などさらさらないようなのに、馬鹿みたいに高い花代を払って登楼する意味がシュタールにはない。

それでも、また会えるのなら、お会いしたい――。

シャオの胸には、シュタールの優しい手の感触や、美しい金髪、翠玉色の瞳がしっかりと刻み込まれている。

けれど、自分からシュタールに登楼してくれと願うことは叶わなかった。

「きっと、いらっしゃらないと思うよ」

シャオはドージェに握られた手を見つめ、知らず暗い表情を浮かべた。

「だから、またくることがあったらといっているだろう?」

塞《ふさ》ぎ込んでしまったシャオの顔を、ドージェが心配そうに覗き込む。そして、困ったような顔でシャオの頭を少し乱暴に撫でて慰めてくれた。

――こういうところは、昔と変わらないんだな。

ドージェが優しい心を失ってしまったんじゃないかと不安になっていたシャオは、頭を揺らしながらかすかに笑みを浮かべた。

「お前のように優しい人間に間諜の真似事《まねごと》をさせて、申し訳ないと思っているんだ。でも、シャオ……これはお前にしかできない仕事だ。どうか、頼む」

優しくて、強くて、まっすぐなドージェ。

祖国再興を願う気持ちは痛いくらいに理解できる。

けれど……。

『戦はトニストニアに富と広大な国土をもたらしたが、同時に多くの人々を死に追いやった』

シュタールが哀しげに目を伏せて口にした言葉を、シャオは何度も思い返した。

戦は、いやだ――。

もしドージェたちがチンファ王国の再興のために戦を起こしたら……と思うと、胸が張り裂けんばかりの痛みがシャオを襲う。

「頼む、シャオ。お前はオレたちの……チンファの最後の希望なんだ」

ぎゅっと手を握り込まれて、シャオは仕方なく返事をした。

「じゃあ、シュタール様がまたいらしたら……。できるだけ、頑張ってみるよ」

会いたい――。

そう強く願う気持ちとは裏腹に、シャオはシュタールに、もう二度と登楼しないでほしいと祈らずにいられなかった。

【二】

今宵も、トニストニア帝都キトラの街に、ジュゲールのアルス・アルータのもとへ客が登楼したことを報《しら》せる鐘の音が響き渡った。

「ほら、見てご覧、シャオ。これがこの前約束した、水竜の鱗《うろこ》でできた手鏡だ」

シャオの祈りも虚《むな》しく、トニストニアの竜兵団をまとめているというシュタールは、週に一度の割合で男娼館ジュゲールへ登楼するようになった。

そしてドージェのいったとおり、シュタールはトニストニア竜兵団でも最強の呼び声高い第一兵団の将校だと身分を明かしてくれたのだ。

「水竜は成長に合わせて鱗が抜け落ちる。それを利用して、昔から工芸品を作ってきたんだ」

「シュタール様、このように毎回手土産《みやげ》をお持ちくださらなくても……」

秋の空の色とも銀色とも喩《たと》え難い、美しくも妖《あや》しい色の金属のような素材でできた手鏡を、シャオはおずおずと受けとった。

「シャオが水竜を見たことがないといっていたから、せめてその鱗だけでもと思ったんだ。まさか水竜をジュゲールに登楼させるわけにはいかないだろう？」

戯《おど》けた様子で肩を竦《すく》めるシュタールに、シャオは申し訳なく思いながらも、ささやかな喜びを覚えずにいられない。

「水竜は水の中で暮らす竜だから、陸《おか》に上がるのは苦手なんだ」

「大きな鱗なんですね。本物の水竜はきっととんでもなく大きな身体をしているのでしょう？」

シャオは手にした手鏡の軽さに驚きつつ、空を舞い火を吐く火竜と異なる竜の姿を想像してみた。

「ああ、大きなものだと、この娼館一棟ぐらいになるな。しかし奴らはとても優しくておとなしい性格なんだ」

青い髪と容姿だけが取り柄で、客に媚《こ》びるのも下手で男娼としての手管も拙《つたな》いシャオに、常連と呼べる客がつくことは稀《まれ》だった。

だからシャオは本心から、シュタールがどうして自分などのために高い花代を払い、手土産を持参してまで会いにきてくれるのか分からない。

ましてやシュタールは、一度としてシャオの身体を求めたことがなかった。

シャオにチンファ王国で暮らしていた頃の話や、代々の王にまつわる伝説を聞かせろとせがむぐらいなのだ。

ときどきシャオの方からシュタールに竜のことやトニストニアの成り立ちについて訊ねることはあっても、竜兵団や兵士たちの様子を詳しく聞き出すことはできなかった。

——お前にしかできない仕事だ。

ドージェの切羽詰まった顔を思い出しては、シャオは勇気を振り絞ってシュタールにそれとなく訊ねてみようと思うのだが、きっかけとなる言葉ひとつ口にできない。

代わりにシャオの胸には、シュタールを強く慕う感情が生まれていた。

母を失い、国を奪われ、男の手に身体を任せる男娼となって五年。

母の命を奪った竜兵団の将校だと分かっているのに、シャオはシュタールの優しさと溢れ出る人柄に惹かれていくのを止められなかった。

竜兵団の将校という点を除けば、シャオに性行為を強要しない優しくて少し変わった客……というのが最初の印象だった。

しかし、週に一度会うようになってから、シャオはシュタールが本心では戦を忌み嫌っているのではないかと、そう思うようになっていった。

「お前にとって竜は、火を吐いて人や街を焼き尽くす恐ろしい存在かもしれないが、俺たちトニストニア人にとっては、古くから共存してきたよき隣人なんだ」

その日、シュタールは昼過ぎにシャオの高楼に現れた。いつものようにシャオを膝に抱き、ゆっくりと葡萄酒を飲みながら他愛《たわい》のない会話を重ねる。

ルル、ルルル……。

ランもすっかりシュタールに懐いて、美しい金糸の髪を飾るように彼の頭にとまって、機嫌よくさえずったりする。

「トニストニアはもともとは山奥の小さな国だったんだ。代々竜使いの一族が国を治め、地道に山を切り開いて何百年もかけて少しずつ国を豊かにしていったんだ」

シャオは捕らわれて帝都キトラに売られてくるまで、チンファ王国の村の外へ一歩も出たことがなかった。チンファの周辺に様々な国があり、自分たちとは異なる文化を持つ人々が暮らしていることは、母やドージェから話を聞かされて知っていた。

でもそれは、チンファ王国の青い髪の王の伝説と同じく、空想の世界の話のようで現実味がなかった。

けれど、シュタールの話は違った。

「トニストニアとはこの国の古い言葉で『竜の棲《す》む谷』という意味で、俺たちの祖先は随分と昔から谷に棲む竜を捕らえて飼い慣らし、共存するようになったんだ」

彼の話には現実味があった。

なぜなら彼が経験し、見聞きしてきた話を、それはもうまるで目に浮かぶような臨場感をもって話してくれるからだ。

「俺が十歳の誕生日を迎える一週間前に、父が竜の谷から少し変わった卵を拾って帰ってきたんだ」

トニストニアでは子供が生まれると、その子が十歳になる前後に竜の卵を贈って健やかな成長を祈る儀式があるのだという。そのときに贈られた卵から孵《かえ》った竜が、基本的に子供にとって生涯の相棒となるらしい。

「竜の寿命はどれくらいだと思う？」

いつものようにシャオを膝に抱いて葡萄酒を傾けながら、シュタールが訊ねる。

「……五十年、くらいですか？」

十歳の子供に与えられる竜を生涯の相棒とするなら、それくらいの寿命はあるだろうとシャオは考えた。

「雷竜は……長く生きてそのくらいだな。水竜と違って雷竜は小型の竜で性格も荒く、捕らえるのも調教するのも難しい。しかし、水竜や火竜などの中型以上の竜たちは、俺たちとそう変わらない寿命なんだ」

シャオは目を丸くした。トニストニアにはそんなにたくさんの竜がいて、しかも人と暮らし生涯をともにするなんてはじめて知ったのだ。

「もちろん、人と同じで寿命をまっとうできない竜や、短命種もいる。ひと言で竜といっても様々な種類、性格、容姿のものがトニストニアには昔からたくさんいたんだ」

「チンファでは馬や犬が人々の生活に溶け込んでいました。トニストニアでは竜がそうなんですね？」

シュタールの話を聞いているうちに、シャオはただ恐ろしいだけだった竜への印象が少しずつ変化していることに気づいていた。

「あの、シュタール様」

グラスに葡萄酒を注ぎながら、シャオは少し躊躇《ためら》いがちに問いかけた。手にした酒器はシュタールの瞳の色に合わせてロイエに買い求めさせたもので、翡翠《ひすい》色の表面に美しい彫刻が施されている。

「もしお許しくださるなら、竜のお話をわたしの半妓、ロイエにも聞かせてやっていただけませんか？」

トクトクと小さな音を立てて注がれる紫がかった深い紅色の液体を見つめていたシュタールが、その瞬間パッと瞳を輝かせた。

「いつも俺をこの部屋に案内してくれる、礼儀の正しい巻毛の子だな？」

シュタールがにっこりと微笑む。シャオは彼がどう答えるのか、容易に想像できた。

「はい」

「もちろんだ。おそらくそのロイエも我が国のせいでここへ売られた身なのだろう？　あの子さえいやでなければ、竜だけでなく俺が見てきた異国の話を聞かせてあげよう」

予想どおり、シュタールは上機嫌でシャオの希望に応えてくれた。

シャオはすぐに呼び鈴を鳴らして、ロイエに菓子と花のお茶を持ってくるように伝えた。

「あの……ほ、本当にボクなんかがここにいてもよろしいので？」

全身をガチガチに緊張させて、ロイエが部屋の入口にへたり込む。

シャオはシュタールと顔を見合わせて笑った。

「ロイエ、半妓とはいえお前もお客様に呼ばれることだってこれから増えてくる。シュタール様がその最初のお客様になってくださったんだ。ダニロ様だってなにもいわなかっただろう？」

はじめてのことに怯え切っているロイエを安心させるため、シャオは穏やかに微笑みながらゆっくりといった。

「そうだ、ロイエ。いつも俺を丁重に出迎えてくれて、帰るときだって俺の背中が見えなくなるまで見送ってくれているだろう？　ああいったお前の心遣いに礼がしたいのだ」

シュタールがいつもよりも静かな口調でロイエに語りかける。

その横顔を見つめて、シャオはなんだかとても幸せな気分になった。

「で、でもっ」

ロイエがすっかり恐縮した様子で、ベッドの上でシュタールの膝に抱かれるシャオの表情を窺う。

シャオはこくりと頷くと、手招きしてやった。

「こっちへおいで、ロイエ。その菓子も甘いお茶も、シュタール様がロイエのために頼んでくださったんだよ」

ベッドの脇に置かれた猫足のテーブルセットを示していうと、ロイエが大きな栗色の瞳をさらに見開いた。その双眸にはうっすらと涙が浮かんでいる。

「さあ、ロイエ。お前には俺が卵から孵らせた、双子の竜の話をしてやろう」

片手でシャオの肩を抱いたまま、シュタールがもう一方の腕をロイエに差し伸べる。

「……し、失礼します」

ロイエはおずおずとお辞儀《じぎ》をしてから、まるで亀のようにゆっくりとした足取りで、猫足の椅子にちょこんと腰かけた。

「さあ、菓子をお食べ」

シャオにすすめられるまま、ロイエはテーブルの上に置かれた菓子をひとつ手にとると、シュタールに「いただきます」といって口に放り込んだ。

「どうだ、うまいか？」

葡萄の実を甘く煮て、はちみつとザラメ砂糖でコーティングした菓子に、ロイエが目を丸くする。

「あ、甘いっ！　甘いです！　それに中の葡萄の実がとてもやわらかくて……っ」

きっとはじめて経験する甘味なのだろうとシャオは思った。アルス・アルータであるシャオですら、客からすすめられない限りは口にできない高級な菓子だ。

「そうか、それはよかったなぁ」

ロイエの驚きっぷりと喜ぶ姿に、シュタールも満足げだ。

「じゃあ、さっそく双子の竜の話をしよう」

葡萄酒で喉を潤すと、シュタールがシャオとロイエを交互に見やった。そして、コホンと咳払いをひとつして、「双子の竜の卵はとても貴重なんだ」と切り出した。

シュタールがおもしろおかしく話す双子の竜の成長物語に、シャオもロイエも時間を忘れて聞き入った。

シュタールがまだあどけない少年だった頃の話で、双子の竜は一頭が水竜、もう一頭が雷竜だった。同じ卵から生まれたのに、大きさも性格もまったく違う兄弟の竜は、食べるエサも行動範囲もなにもかもが異なっていた。

「おかげで半年もしないうちに、子供だった俺の手に負えなくなってしまったんだ」

どんどん成長する水竜と、シュタールの部屋を荒らしまわる雷竜の世話が限界に達したとき、シュタールの父が双子の竜を育成所へ預けると決めた。

「子供ながらに悔しくてなぁ。自分で育てるって決めたのに、結局、俺はアイツたちを途中で放り出してしまったんだ」

「でもそれは、仕方がないことだったんでしょう?」

ロイエが子供らしくいうのに、シャオも小さく頷く。

「トニストニアの男は、自分の手で竜を育てあげ調教することで、大人として認められるんだ」

つまり、そのときシュタールはまだ竜を飼うにははやいと判断されたのだ。

「水竜と雷竜の兄弟にも悪いことをしてしまったと思う。養成所に送られた竜はよほどの幸運がない限り、決まった飼い主を得ることができないから……」

生涯の相棒を得られなかった竜は、鉄鉱山をはじめとする様々な危険な場所へ送られ、貴重かつ便利な労働力として働かされることがほとんどだという。

「人に飼われた竜が、皆しあわせに寿命をまっとうできるとは限らないのですね」

シャオは少し悲しくなった。ロイエも目を真っ赤にして、懸命に涙を堪えている。

「まあ、確かに重労働を強いられる点では、可哀想かもしれないが、トニストニア人は竜をとても大切にしているからね。どんな現場で働くことになっても、そこの人間が彼らを仲間として扱うから、きっとシャオやロイエが思うよりはしあわせなんじゃないだろうか」

「奴隷のように、鞭《むち》で打たれたりしないんですか?」

ロイエが訊ねると、シュタールが頬を綻ばせて頷いた。

「よかったぁ」

ロイエが安堵の溜息をつく。

「本当に……トニストニアは竜とともにあってこその国なのですね」

シャオも双子の竜が辛い目に遭っていなくてよかったと思いつつ、トニストニアという国や竜に対して偏見を持っていたことに気づいた。

そのとき、高楼の下から呼び鈴が鳴るのが聞こえた。シャオの部屋の呼び鈴は玻璃でできた澄んだ高い音色のものだが、使用人たちが使う呼び鈴は土を焼いたものでできていて音が違う。

「す、すみません！　ボク、呼ばれてるんで……あの、失礼します！」

ロイエが椅子からすっくと立ち上がってシュタールに深々とお辞儀をする。

「シュタール様、竜のお話……そしてお菓子をありがとうございました」

「わたしからも礼を申し上げます、シュタール様。わたしの半妓にこんなに優しくしてくださるのはシュタール様だけです」

シャオはシュタールの膝から下りると、ロイエと並んで絨毯の上に跪いた。

「本当に、ありがとうございます」

平伏して重ねて礼を告げるシャオに倣って、ロイエも慌てて隣で額を絨毯に擦りつける。

そのとき、再び呼び鈴の音が聞こえた。

「いいから、いきなさい」

シュタールが優しく促すのに、ロイエが名残惜しそうな顔で頷く。

そして、なるべく静かに、けれど少し早足でシャオの部屋を出ていった。

「お前の専属の半妓と聞いていたが、ほかにも仕事があるのか？」

シュタールが手招きして再びシャオに膝へのるよう求める。

「はい。半妓は見習いですから、アルス・アルータの身の回りの世話のほかに、娼館の雑用もこなさなければならないんです。あとは今回のようにお客様に呼ばれて部屋にあがることもあります」

シャオが一礼してからベッドに上がると、すかさずシュタールが逞しい腕で細腰を抱き寄せた。

「あ、あの……っ」

あっという間に元の位置——シュタールの膝の上に抱え込まれて、シャオは思わず頬を染める。

「俺は娼館で働く者に対して、誤った認識を持っていたようだ」

シャオに新しい葡萄酒を注ぐようグラスを差し出して、シュタールが薄く自嘲《じちょう》的な笑みを浮かべた。

「誤った……認識、ですか？」

「ああ。俺は仕事に貴賤《きせん》はないと常日頃から考えているが、娼館街はもっとこう……ゆるいというか……。娼館で働く者がここまでしっかりした規律を守っているとは思っていなかった」

シャオは黙って聞いていた。

「俺はこのジュゲールにしか登楼したことがないから、ほかの娼館がどうか分からない。だが、少なくともここで働く者はアルス・アルータのお前をはじめ、男娼に半妓、小間使いなどの使用人にいたるまで、接客態度に一分の隙《すき》もない印象を受ける。挨拶《あいさつ》ひとつとっても気分のいい者ばかりで、本当にすばらしいことだと思う。よほど娼館主の躾や教育が厳しくゆき届いている証拠だろう。ジュゲールが帝都キトラの娼館街で一番だと称賛されるのも納得がいく」

「ありがとうございます、シュタール様……っ」

シャオは身の震える想いだった。奇異な髪の色と容姿しか褒められたことがなく、男娼のくせに客のひとりも満足させられない自分だけでなく、ジュゲールで働く人たち皆を褒めてくれたのはシュタールがはじめてだった。

どの客も娼館で働く人間は最低だと、さも当然のように悪態や唾を吐き、アルス・アルータであるシャオにすら暴力を振るうのだから。

「ロイエも……この娼館の者たちも、今のシュタール様のお言葉を聞いたら、きっとこれまで以上に自分の仕事に誇りをもつことでしょう」

シュタールの膝の上で精一杯頭を下げて、シャオは声を震わせていった。

穢らわしい仕事だと、きっと誰もがそう思うだろう。シャオ自身、自分は穢れていると思っているのだ。

けれどシュタールは違った。

この男娼館ジュゲール全体の仕事をすばらしいと褒めてくれたのだ。

「なかでもシャオ、お前の努力が、このジュゲールを帝都キトラ随一の男娼館に押し上げたに違いない」

「……っ」

長い髪を撫でられ、間近に翠玉色の瞳で見つめられ、シャオは声を失った。

このままどこまでも澄んだ翠の瞳に吸い込まれてしまいそうな錯覚に襲われる。

「シュタール様は……変わった方です」

潤んだ瞳をそのままに、シャオはシュタールの顔を見上げていった。

「おい、ひどいな、シャオ。俺は思ったことをそのまま、真面目《まじめ》にいっているんだぞ」

シュタールが少しムッとしてシャオをキュッと抱きしめる。そうして甘えるようにシャオの頭に頬擦りした。

「だいたい、俺が変わっているというのなら、お前だって相当な変わり者じゃないか」

衣装に薫《た》きしめた香の匂いを堪能《たんのう》するように小さく鼻を鳴らして、シュタールが続ける。

「帝都キトラ一の男娼館ジュゲールのアルス・アルータだというから、どんな手練手管で籠絡《ろうらく》されるのかと、実は若干戦々恐々としつつの初登楼だったんだぞ？」

「え？」

シャオが小首を傾げて瞬きすると、鼻筋の通った美しくも凜々しい顔が照れ臭そうに破顔した。

「このような場所に足を運ぶのは、生まれてはじめてだったんだ。青い髪のアルス・アルータに対する興味に駆られたといっただろう？」

シャオはぼんやりとシュタールが初登楼した日のことを思い起こした。

――青い髪とはどのようなものか、この目で確かめたかっただけなんだ。

「そういえば……」

「噂は噂でしかなかったが、俺は登楼して……アルス・アルータとしてではなく、シャオという人間を知ることができてよかったと思っている」

「そ、そんなお言葉を頂戴できるようなこと、わたしはなにも……っ」

喜びと気恥ずかしさを堪え切れず俯《うつむ》いて、シャオは小さく首を振った。今にも泣き出しそうなみっともない顔を、シュタールに見られるのがいやだった。

シュタールに優しくされると、なぜか辛い。

そして、恥ずかしい。

自分でもよく分からない感情に、シャオはただただ戸惑《とまど》うばかりだ。

「どうした、シャオ？　なにか気に障ることでもいっただろうか？」

シュタールが不思議がって顔を覗き込もうとするのに、思わずぷいっとそっぽを向いてしまう。

「ち、違います。シュタール様が……あまりに恥ずかしいことをおっしゃるから……っ」

耳が真っ赤に、そして熱くなっていくのを感じながらシャオは慌てていい訳を口にした。

するとシュタールが小さく肩を揺らして笑うのが伝わってきた。

「シャオは本当に……恥ずかしがりやで、素直なんだな」

大きな手に再び髪をとき梳かれる。

思わずうっとりと瞼《まぶた》を閉じると、シュタールが足を崩して大きく開き、シャオをその間に腰かけさせた。長身のシュタールは絨毯に足が届いているが、シャオの裸足の爪先《つまさき》はぷらんとなってしまう。

「では、お前のことではなく、俺の竜の話をしよう」

肩を優しく擦られて、シャオはますます激しい羞恥《しゅうち》を覚えた。

嬉しいのに、どうすればいいのか分からない。

相手がドージェやロイエだったなら、まっすぐに顔を見て笑って頷けるだろうに……。

——どうしてしまったのだろう？

心臓が今までに刻んだことのないリズムで高鳴る。背中越しに伝わるシュタールの体温に、どうしようもなく逃げ出したい衝動すら覚えた。

「以前、俺の父が変わった竜の卵を谷で見つけたと話したことがあっただろう？」

シャオの緊張や戸惑いに気づかずに、シュタールが上機嫌で話しはじめる。

「は、はい」

シャオはできるだけさり気なく映るよう気を遣いながら、なんとか茶で喉を潤した。

「父が俺の十歳の誕生日に贈ってくれた卵は、色も形も少し変わっていてな、大きくてふつうのものより長い楕円《だえん》形をしていた。色は……そうだな、太陽が沈む前、西の空が薄い茜《あかね》色と淡い群青に彩られることがあるだろう？」

シャオは静かに瞼を閉じてみた。

そうして、幼い頃、畑仕事を終え母と手を繋《つな》いで家路をたどったときの、西の空を思い浮かべる。太陽はすでに山の向こうに姿を消して、空は夜と昼が綯い交ぜになったような色に染まるのだ。

「とてもきれいで、不思議な色だったのですね？」

シャオがそっと目を開いて振り仰ぐと、シュタールが目を細めて頷いた。

「本来、火竜は薄い赤みを帯びた卵、水竜は薄水色、雷竜は黒の斑点《はんてん》模様……まあ、多少の例外もあるんだが、だいたい見た目でこれはどの竜の卵かって判別がつくものなんだ。しかし、俺の父が拾ってきた卵は大きさも形も色も、なにもかもがほかの卵とは異なっていた」

シュタールはシャオに、竜は基本、一度に一個か二個しか卵を産まないと話してくれた。そして、竜は卵を産むと放置して子育てはしないということなど、シャオが知らなかったことをたくさん教えてくれたのだった。

「トニストニアでは竜は生態系の頂点に君臨する。竜の谷にはほかの動物は足を踏み入れないから外敵もいない。卵から孵った竜たちはそこで種族ごとに群れを作り、徐々に成長していくんだ」

野生の竜がどうやって成竜へ育つのか、それぞれの竜の特性や食べるものや種族ごとの性格の特徴について、シュタールはまるで子供のように夢中になってシャオに話してくれた。

「……それで、あの、シュタール様の竜の卵は、結局どの種族の竜だったのですか？」

竜について聞かされる話はどれもおもしろく興味深かったが、シャオは変わった卵のことが気になって仕方がなかった。

「ああ、すまない。すっかり話がそれてしまった」

シュタールがハッとして、はにかんでみせる。

子供みたいな屈託のないシュタールの笑顔に、シャオはドキリとした。

「い、いえ。わたしこそ、お話の途中で……申し訳ありません」

頬が赤くなって、また俯いてしまう。

すると、シュタールが一気にグラスの葡萄酒を呷《あお》った。

「いいや、シャオは悪くない。俺の竜の話をするんだったな。自分で言っておいてすまない。どうしても竜の話になると夢中になってしまうんだ」

トニストニアの竜兵団の将校を務めるだけあって、シュタールはよほど竜が好きなのだろうとシャオは思った。

「俺の竜は、孵化《ふか》するまでふつうの三倍もかかったんだ。もう中で死んでいるんじゃないかと周囲も諦《あきら》めかけたとき、ようやく卵の殻にヒビが入った」

ただでさえ眩しい翠玉色の瞳をキラキラと輝かせるシュタールの横顔を、シャオは美しい絵物語を眺めるような目で見つめた。

「卵から孵った途端、いきなり金色の瞳で俺を睨んで……どうしたと思う？」

シュタールが首を傾げて訊ねるのに、シャオはしばしの間思案する。

「シュタール様を見て、鳴いたのですか？」

あまりにもふつうすぎる答えだと思ったが、ほかに考えつかなかった。

「まあ、鳴きはしたんだがなぁ」

そういって目を細め、シュタールが肩を揺らす。

「火と水を、同時に俺に吹きかけたんだ！」

「え……っ」

自慢げなシュタールとは裏腹に、シャオは驚きに目を瞬かせた。

「ビックリしたどころの話じゃない！　火と水の属性を合わせ持った竜なんて、トニストニアの古い記録書にだって残されていない。俺は髪を焼かれ、びしょ濡《ぬ》れにされたことなんかどうでもよくなって、ただただ嬉しくて堪らなかった」

シュタールのはしゃぎように、シャオはそのときの様子が目に浮かぶようだった。このうえなく竜を愛する少年が、世にも珍しい竜を手に入れたのだから、その喜びは他人には計り知れないものだったろう。

「俺はすぐにその竜に『アロイス』と名付けて、生涯の相棒の誓いとして金の首輪を贈ったんだ」

「それはとても不思議な竜ですね。火を吐く竜は……わたしはどうしても恐ろしいと思ってしまうのですが、シュタール様の竜は一度見てみたい気がいたします」

恐怖よりも好奇心が勝る。シュタールがこれほどまでに入れ込んでいる竜は、いったいどんな姿をしているのだろう。

「ああ、約束しよう。シャオ」

葡萄酒をひと口飲んで興奮を静めると、シュタールがシャオをしっかりと膝の上に抱き直していった。

シュタールの体臭が鼻腔《びこう》をくすぐって、シャオは心臓がドキンと跳ねるのを感じた。

「いつかお前に俺の竜を……アロイスを見せてあげよう。火竜の属性を持つのに、アロイスの身体は青みがかった銀色の鱗で覆われていて、とても美しくて逞しいんだ。水竜の独特の色合いとも違っていて、トニストニアでアロイスより美しい竜なんてきっといない」

シュタールは自分で「親バカだと思うか？」と笑ってみせる。

「銀色の鱗に金の瞳だなんて、まるで宝石のような竜なのですね。シュタール様のアロイスは」

「ああ」

少しだけ照れ臭そうに頷いて、シュタールがシャオの藍鉄色の髪を撫でながら窓の外を見やった。

「俺はアロイスの大きな背に乗って空を飛ぶのが、なによりも好きなんだ」

そのとき、シャオはふと目を瞠った。

ほんの一瞬だけだったが、確かにシュタールの瞳が哀しげに揺れた気がしたのだ。

「シャオ、いつかお前をアロイスの背に乗せて、ともに空を飛んでみたいものだな」

「……シュタール様」

シャオは嬉しさと哀しみを一気に胸に募らせた。慌てて衣装の袖で顔を覆い、溢れそうになる涙を隠す。

たとえ社交辞令だったとしても、天にも昇るほど嬉しい言葉だった。

しかし、シャオは売られたときの契約のため、誰かに身請けされたときか、客がまったくとれなくなったとき、そして死んだときでないとこの高楼から出られないことになっている。

「そのお言葉だけで、わたしには充分過ぎます」

決して叶わぬ夢を思い描き、シャオはそう答えるだけで精一杯だった。

ほんの数分でもシャオがこの高楼を出るには高額の身請け金が必要だ。藍鉄色の髪とアルス・アルータという最高位のせいでシャオの身代はキトラの男娼一高額だと噂されている。自分でもどれだけの額がついているのか、シャオはまったく知らなかった。

「こうして登楼して、優しくしてくださるだけでも、わたしは……本当にしあわせ者だと思っているのですよ」

自分を抱きもしないシュタールが、身請け金を払ってくれるわけがないとシャオは思った。

「どうしたんだ、シャオ？　急に哀しそうな顔をして」

シャオの声が震えていることに気づいたのだろう。シュタールが心配そうに訊ねる。

「なんでもありません。ただ、本当に竜の背に乗って大空を飛ぶことができたら、どんなにすばらしいだろう……と思っただけです」

涙をしっかりと拭って作り笑顔を向けると、シャオは胸に溢れるシュタールへの親愛の情を必死に押し殺そうとした。

忘れては、いけない。

シュタールは憎いトニストニアの竜兵団の将校だ。

どんなに優しくとも、母の命を奪いチンファ王国を焼き尽くし、なにもかもをシャオから奪った男だ。

シャオの青い髪を目的に登楼してくる、ほかのトニストニア兵や役人、高官たちを相手にするように、シュタールからも少しでも多くの情報を聞き出さなくてはならないのに……。

『シャオ……これはお前にしかできない仕事だ。どうか、頼む』

ドージェの面影が脳裏を過る。

母も祖国も失ってしまった今、唯一家族同然の幼馴染みの頼みを、今さら断ることなんてシャオにはできなかった。

けれど――。

「シャオ、どうかそんな哀しい顔をしないでおくれ。俺が悪かった……。竜は……火竜はお前の母の命を奪った、憎んでも憎み切れない相手だというのに、俺は自分の立場も弁《わきま》えずについ……」

拭ったはずの涙が頬を伝っていることに、シャオはそのときはじめて気がついた。

「……ぅ、あ」

自覚すると、もうどうしようもなかった。尖《とが》った肩が震える。シャオはシュタールの逞しい腕の中で唇を噛みつつ、嗚咽が漏れるのをどうしても抑えられなかった。

「……うっ、うぅ……っ」

「シャオ。このとおり謝るから、どうか泣きやんでくれ……可哀想なアルス・アルータ」

大きくて優しい掌が、何度も何度もシャオの髪を撫で梳いてくれる。

その仕草が余計にシャオを哀しく、辛くさせるとも知らず……。

「いいえ、……シュタール様。違うのです……違うんですっ」

嗚咽交じりに伝えつつ、シャオは哀しみと涙の理由をシュタールには告げられなかった。

これ以上、この心優しい敵国の人に心惹かれてはならない――。

ただ、きつくきつく自身にいい聞かせるほかなかった。

【三】

どんなに止めようと思っても、駆け出した心を止めることなんて誰にもできない。

シャオは母を失い、国を奪われ、男娼として売られた恨みよりも、シュタールを慕う気持ちが自分の胸に大きく広がっていくのをどうすることもできなかった。

トニストニアの竜兵団の将校であるシュタールがシャオのもとにはじめて登楼した頃から、すでに二カ月あまりが過ぎていた。

帝都キトラは相変わらずの賑《にぎ》わいぶりだ。

しかし、少し前からシャオの故国のあったチンファ地域で暴動が頻発するようになり、キトラの街にもきな臭い噂が飛び交っているようだった。

「シャオ様、朝食をお持ちしました」

扉の外でロイエの声がして、鍵《かぎ》が開けられる。

「おはよう、ロイエ。今朝《けさ》もいい天気だね」

今日もシャオは、男娼館ジュゲールの高楼の窓から空とキトラの街並みを眺め、客が登楼してくれれば抵抗することも許されないまま身を任す一日を過ごすのだ。

「ドージェさんからお手紙が届いています」

朝食の膳《ぜん》を猫足のテーブルに置いてロイエが声を潜める。そして胸許から小さく折られた手紙を差し出した。

「……ご無事でしょうか？　怪我《けが》なんかしてなければいいんですけど……」

ロイエが茶を淹《い》れながらしょんぼりと呟く。

シャオは手紙を急いで広げると、紙面を走る荒い文字を目で追った。

「よかった……。ドージェも無事だし、怪我人もそれほど多くは出さずに済んだみたいだ」

ホッと胸を撫で下ろすと、シャオはすぐに手紙を小さく千切って香炉に焼《く》べた。このあとでロイエが部屋のゴミといっしょに香炉の灰を処分する手はずになっている。ドージェたちからの手紙はいつもこうして処分していた。

「ドージェも一度、キトラに戻ってくるそうだよ。ロイエ、そのときはくれぐれもよろしく頼むね」

「はい。ボクもドージェ様にお会いするのを楽しみにしていますから」

安心した様子のロイエとは反対に、シャオは朝食に手をつける気にもなれなかった。

なぜなら、ついこの間まで週に一度は登楼していたシュタールが、チンファ地域での暴動が頻発しはじめた頃から姿を見せないからだ。

トニストニア竜兵団の将校である彼が、暴動の制圧に相棒のアロイスとともに遠征していることは容易に想像できた。

――シュタール様は、ご無事だろうか……。

幼馴染みのドージェの身を案じつつも、敵であるはずのシュタールのことが心配でならない。

「街の市場で聞いたんですけど、今回のチンファの暴動は規模が小さくて、あっという間に竜兵団に制圧されたとか……」

ロイエが香炉の灰を始末しながらシャオに問いかける。

「ん……。前にドージェから聞いた話だと、チンファだけでなくあちこちの辺境地区で小さな暴動を起こして、トニストニアの兵力を分散させるのが目的なんだって」

料理にひとつも手をつけないまま、シャオはお茶で乾いた唇を湿らせた。心を落ち着かせてくれる花の香りのするお茶を飲んでも、気持ちは少しも静まってくれない。

チンファ王国再興のために無茶をするドージェが、いつかひどい怪我をしてしまうのではないか。

ドージェたちを鎮圧するために竜を駆るシュタールが、もしドージェの命を奪うようなことがあったら――。

シャオは澄み渡った青空を眺めつつ、大切な人たちの無事と、平穏な日々が訪れることを祈るしかなかった。

「シャオ、元気だったか?」

手紙が届いてから十日後の、夕刻のことだった。

チンファ地域での暴動を主導していたドージェが、トニストニア商人風の衣装を身に着けて登楼してきた。

「ドージェッ!」

鐘が鳴って扉が開くなり、シャオはドージェに駆け寄った。身なりだけはそこそこ金を持っていそうな商人だが、ドージェの風貌《ふうぼう》は明らかに疲れやつれ果てていた。

「さっきロイエから聞いた。随分と心配をかけたみたいだな」

ドージェが苦笑を浮かべ、土埃《つちぼこり》に汚れた包帯が巻かれた手でシャオの頭を撫でてくれる。昔と変わらない仕草に、シャオは堪らず涙を滲ませた。

「お願いだから、あまり危険なことはしないでくれよ……っ」

できるだけ抑えた声で言って、シャオはドージェに抱きついた。

「そうはいっても、チンファの再興を成すまでは、俺は何度だって戦う。今回は暴動を起こすタイミングがほかの地域と嚙み合わずに終わったが、次は……そう簡単に潰《つぶ》されやしねぇ」

悔しさを滲ませつつも、ドージェの表情にはまだ闘志が漲《みなぎ》っていた。

「焼き尽くされたチンファの中心部も、少しずつだがトニストニアの奴らの手が入っていてな……」

「え……」

懐かしい故郷の話が聞けるのかと、期待に満ちた瞳をドージェに向ける。

「暴動を制圧するのに火竜で対抗されて……。チンファに残った人たちがやっと建て直した家なんかを、奴ら平気で焼きやがるんだ。戦いもそっちのけで消火にまわったが、数十人のオレたちじゃ手も足も出なかった」

ほんの小さな期待を無惨な報告で打ち消されて、シャオは意気消沈した。

緑の野山や青い空、雲雀の鳴く美しい王国チンファは、いまだに戦場なのだと思い知る。

「仲間も……随分と、やられちまった……」

「ど、どうして？　手紙では怪我人が少し出ただけだって……」

灰になった手紙に書かれていたことは嘘だったのかと、シャオは堪らずドージェに詰め寄った。

「シャオ……手紙は、嘘じゃない。あの手紙を送ったあと、竜兵団の精鋭部隊が……オレたちのいた村に――」

ドージェが憎悪をあらわに唇を噛みしめる。

「ド……ゥジェ？」

見たことのない悪魔のような表情に、シャオは一瞬、背筋が冷たくなるのを感じた。慌てててドージェの腕をすり抜けて、置き薬の小箱を手にとる。

「と、とりあえず、ドージェ。その汚れた包帯を取り替えよう？」

ベッドにドージェを腰かけさせて、シャオは絨毯に膝をついた。そして傷だらけのドージェの手を手当てしはじめる。土とも血の塊とも分からない黒い汚れが、ドージェの爪を汚していた。

「ねえ、ドージェ。どうしても……こんなふうに戦ったりしないといけないのかな？」

シャオは消毒液を浸した布でドージェの指を一本一本丁寧に拭いつつ訊ねた。

「お前が心配するのも分かるが、オレはどうしても自分の国を取り戻したい。だから、そのためには多少の怪我や犠牲だって……覚悟している」

すっかり戦う男の顔つきになったドージェの答えに、シャオは何もいえなかった。ただ哀しくて辛いばかりで、なにもできない自分が情けなくてもどかしい。

「そういえば……な、シャオ」

冷たい、抑揚のない声だった。

「オレたちが身を潜めていた村を一瞬で鎮圧した、竜兵団……」

「……え？」

いやな予感しかしなかった。

「お前が話していたシュタールとかいう男が率いていたと思う」

思う――といいつつも、ドージェの瞳は鈍く光っている。強い確信があるのだろう。

「見たことのない、銀色の火竜……いや、水も操る大きな竜を駆って、瞬く間に村ひとつを制圧しやがった。あの黄金の髪と大きな竜は、お前が話していたシュタールという将校に間違いない」

包帯を巻き直すシャオの手が、誤魔化《ごまか》しようがないくらいに震える。火と水を操る銀色の竜はアロイスで、黄金色の髪の将校はまさしくシュタールのことだろう。

ドージェがキトラに戻ったのなら、シュタールも戻っていて当然なのに、姿を見せないのが急に心配で堪らなくなった。

それでもシャオは動揺を覚《さと》られまいと必死に平静を装う。

「悔しいが、見事な戦いぶりだった。精鋭部隊を任されているだけあって、その指揮官ぶりといったら……敵ながら惚《ほ》れ惚《ぼ》れさせられたよ。あれだけの力量を見せつけられちゃ、こっちは早々に退散するより手立てはなかった」

包帯を巻いていたシャオの手が、いつの間にか止まっていた。

しかし、ドージェは気づかない様子で話し続ける。

「実はな、シャオ」

深い溜息のあとに名を呼ばれ、シャオはおずおずと顔を上げた。目の前に、ドージェの精悍な顔があった。赤みの強い焦げ茶の髪を商人がかぶる帽子でうまく隠してはいるが、その顔つきはどう見たって戦士のものだ。

「お前からシュタールという男の話をはじめて聞いたときから、まさかとは思っていたんだが……」

ドージェは新しい包帯で巻かれた手をそっと引っ込めると、険しい表情で「先に葡萄酒を一杯くれないか」といった。

「なにか、あったの？」

ドージェのいつもと少し異なる気配に、シャオは不安を覚えずにいられない。

それでも客であるドージェの要求には応えなければならなかった。呼び鈴を鳴らしてロイエを呼び、葡萄酒と酒器を運ばせた。

シャオは葡萄酒の瓶を手にとると、ドージェの目の前のグラスにゆっくりと芳醇《ほうじゅん》な香りを放つ酒を注いだ。

「ありがとう」

ベッドに腰かけたままのドージェにグラスを渡すと、かすかに微笑んで一気に呷る。突き出た喉仏が派手に上下するのを見て、シャオはドージェが己の気を静めようとしているのかもしれないと思った。

「五年前、トニストニアがチンファ王国に竜兵団を送り込んできた日のことを、オレはほんの一瞬だって忘れたことはない」

葡萄酒に濡れた唇を包帯の手の甲で乱暴に拭って、ドージェが忌々しげに吐き捨てた。

シャオに逃げろと叫んだドージェは、火竜の吐く炎の玉の風圧に飛ばされて、シャオとは反対側の土手に転がり落ちたらしい。奇跡的に無傷だった彼は、急ぎ剣士団長である父が詰めているはずの王宮へ駆けたのだ。

「もうあと少し……丘を駆け上がって王宮の正門が見えたときだった――」

そこでドージェは、見たのだという。

「ひと際大きな…銀色に輝く竜と、その竜を操る黄金色の髪をした竜使いが、燃えさかる王宮の上空を……まるで嘲笑《あざわら》うみたいに飛んでいた」

「……っ！」

シャオは手にした瓶を落とさないようしっかりと握りしめた。

全身がブルブルと震える。

――嘘だ、そんなはずがない……っ。

シュタールの口から、チンファの戦に参戦していたと聞いたことは一度もなかった。

「お前も俺の目が、遠く千里の先まで見えるって知っているだろう？」

ドージェがそういって、シャオの震える肩を抱き寄せる。

「間違いない。恐ろしく大きな竜を手足のように操って、親父や剣士団の皆を焼き殺したのは……チンファを火の海にしたのは、アイツ――シュタールという男だ」

シャオの手から葡萄酒の瓶をドージェがそっととり上げてテーブルに置き、さらに強く震える身体を抱きしめてくれた。

「アイツが、オレたちの国を……家族を、王を……焼き殺したんだ」

喘《あえ》ぐような、苦しげな声だった。

シャオの目に、地獄のような光景がまざまざと甦《よみがえ》る。

春の日差しに溢れたうららかな日常が、竜の襲来で一瞬にして地獄絵図と化した。

「うぅっ……っ」

勝手に涙が溢れた。

五年前の哀しみを思い出しての涙なのか、それとも、シュタールの竜兵団が、母を焼き殺し、チンファ王国を滅亡へと追い込んだという真実を知った衝撃の涙なのか、シャオには分からない。

ただただ、言葉にならない想いが涙となって溢れて、どうにも止まらなかった。

「シャオ」

自分の腕に縋《すが》って肩を震わせるシャオを、ドージェは静かに見守ってくれた。今さら慰めの言葉に意味がないことなど、彼は充分過ぎるほど知っている。

けれど、シャオの流す涙の本当の意味を、心の葛藤《かっとう》を、ドージェはきっと知らずにいるに違いなかった。

――シュタール様が……っ。

竜兵団の将校であると知ったときから、きっと無関係ではないと思ってはいた。

けれど、まさか本当に五年前の戦でチンファ王国を攻めた竜兵団が、シュタールの率いた一団だったとは……。

シャオは言葉なく、慟哭《どうこく》するほかなかった。

信じたくはない。

シャオの大切な母と美しかったチンファ王国を、シュタールと彼の竜・アロイスが焼き尽くし奪ったなんて――。

「分かっただろう、シャオ」

優しくシャオの肩や背中、髪を撫でていたドージェが、潜めた声に力を込める。

「オレたちの祖国はあの男に滅ぼされたといってもいい。オレの親父、お前のお袋さん、そして王の仇だ」

ドージェの声には新たな怒りと力が漲っていた。

「あの男がお前の常連客だなんて、きっと今は亡き先代王のお導きに違いない。お前も辛いと思うが、どうか今まで以上にあの男と親密になって、竜兵団だけでなくトニストニアの内情を探ってくれ」

「で、でも……ドージェ。僕にはそんなこと……」

これまでさえ、シュタールからまともな情報のひとつも聞き出せないでいるのに、ドージェから過剰な期待の言葉をかけられシャオは困惑する。できることなら今すぐランのような小鳥となって、高楼の窓から逃げ出したい気分だった。

「シャオ、しっかりしてくれ。お前は青い髪の王の血を受け継ぐ、オレたちに残された最後の希望なんだ」

「違うっ……僕は、そんな――」

どんなに否定しても、ドージェはもうシャオが青い髪の王の後継者だとすっかり信じ切っている。

「いいか、シャオ。オレたちチンファの民だけじゃない。トニストニアに故郷を奪われ、取り戻したいと思う者が大勢いる。彼らもオレたちといっしょにトニストニアを倒そうと立ち上がったんだ。その象徴が……お前なんだよ、シャオ――青い髪の王よ」

「お……王だなんて、違う……っ」

シャオはフルフルと首を左右に振った。ほんの少し髪が青みがかっているだけで、自分の意思なんか関係なく王だなんて祭り上げられてしまった。

「今までのような小さな暴動を起こすだけじゃ揺動にもなりゃしねぇ。今回のことで思い切り痛感した。だが、次はトニストニアに……あのシュタールとかいう男に目にもの見せてやる」

ドージェの瞳が妖しく光った。

「ドージェ、……なにをするつもりなんだ？」

シャオは咄嗟《とっさ》にドージェの手を握りしめた。目の前で幼馴染みがどんどん見知らぬ男に変わっていく。

「……シャオ、これはまだ仲間内でも極秘の情報だ」

そういってから、ドージェがシャオに耳打ちする。近いうちにこの前のような暴動を、トニストニア辺境のあちこちで一斉に起こすつもりだと打ち明けた。そうして辺境に兵力が分散されて手薄になった帝都キトラを一気に攻め落とすという。

「準備は着々と進んでいる。大丈夫だ、お前やロイエはちゃんと助け出す手はずになっているから」

ドージェはこともなげにいうが、シャオは気が気でなくなってしまっていた。

「お願いだから、もうこれ以上危険なことはしないでくれよ。僕にとってドージェは……たったひとり残された兄弟みたいに大事な人なんだ。なのに、もしドージェになにかあったら僕は……っ」

目に涙を浮かべて必死に訴えても、ドージェの瞳は荒々しい光をたたえたままだった。

「兄弟……か。うん、そうだな、シャオ。お前はガキの頃からオレの後ろばっかり追っかけてきて、転んで怪我して……オレがいなきゃ、なにもできない泣き虫だった」

険しかった表情をほんの少しやわらげて、ドージェがシャオの手にもう一方の自分の手を重ねる。

「何度もいうが、心配はいらない。今はまだ決起には時期尚早だ。準備も整っていないからな」

「準備って……いったいなにを考えているんだ、ドージェ」

なにをいったところで、ドージェのチンファ王国再興への想いは決して揺るがないと知り、シャオは余計に気が焦って仕方がない。

「お前はなにも心配せずに、ただオレたちが無事に事を成し遂げられるよう祈っていてくれ。きっとそのときにはお前の青い髪の王の力が必要になるはずだから」

祖国再興への強く一途《いちず》な想いがこもったドージェの瞳に気圧されてしまう。

シャオが青い髪の王の血を引いているかなんて、欠片ほどの根拠もないのに、どうしてドージェや仲間の人たちが自分を崇《あが》め奉るのかがまったく分からない。

「頼む、オレ……たちを守ってくれ。オレたちの王よ」

ドージェがベッドから素早く下りて、シャオの前に膝をついた。

まるで本当に王に仕える臣下みたいなその姿に、シャオは戸惑いを通り越して恐怖すら覚える。

「オレたちに、青い髪の王の力を――」

もう、自分ひとりではどうすることもできないのだと、シャオは跪くドージェを見下ろした。

ただただ、哀しくて堪らなかった。

「お前がチンファ王国再興の象徴としてここにいてくれるだけで、オレたちの夢は絶対に叶うと、皆そう信じていられるんだ」

跪いたままシャオを見上げ、ドージェが熱っぽい瞳で語る。

「その夢が叶う日も、そう遠くはない。そうしたらシャオ……お前だってこんなところを出て、辛い仕事をすることもなくなる」

包帯を巻いた手がおずおずとシャオの手をとった。

かと思うと、ドージェが白い指先にかさついた唇をそっと押しつける。

「……ド、ドージェッ」

驚いてシャオが咄嗟に手を引っ込めたとき、扉をノックする音がしてロイエの声が聞こえた。

「あの、シャオ様。……シュタール様が……」

「え——っ」

シャオとドージェ、二人同時に扉を振り返った。

一気に表情を青ざめさせるシャオと相反して、ドージェが怒りで頭に血が上ったように顔を赤く染めた。

「ドージェ、どうか今日のところは……」

シャオが震える声で促すと、ドージェが無言で頷く。

「……ああ」

拳《こぶし》をギュッと握りしめ、表情には悔しさが滲んでいた。

「ロイエ、ドージェを東の階段へ案内してくれるかい？」

客同士が顔を合わさずに済むよう、高楼には二つの階段があった。扉越しにロイエに告げて、シャオはドージェに上着を羽織らせてやる。

「シャオ。本当に……もうあと少しでオレたちは自由になれる。だから、どうか……もうしばらくだけ辛抱してくれ」

「……うん。ドージェも、どうか無茶なことはしないで」

静かにいってドージェの背中を見送ると、シャオは軋《きし》む胸をギュッと両手で押さえた。

シュタールとドージェ。

二人ともシャオにとって大切な人だ。

その二人が争い、また五年前のような戦を起こそうとしているのかと思うと、遣《や》る瀬なさに気がふれてしまいそうになる。

「失礼します、シャオ様」

ドージェを見送ったロイエが戻ってきて、部屋の片付けとシュタールを出迎える準備を始めた。暗く沈んだシャオと同様に、ロイエの表情もどこか元気がないようだった。

「では、シュタール様をお連れしますね？」

ロイエに訊ねられ、シャオは唇をきゅっと引きしめ頷いた。

直後に、鐘の音が響き渡る。

シュタールの登楼を待ち侘《わ》びていたはずなのに、鐘の音を聞いてシャオの気持ちは憂いに沈んでいった。

「……ようこそお越しくださいました。シュタール様」

いつものように扉が開くのに合わせて平伏し、シャオは必死に平静を装った。

「シャオ」

しかし、静かに頭を上げてシュタールの顔を見た瞬間、シャオは激しい衝撃を覚えた。

いた。

「シュタール様、どうされたのですか！」

登楼した客を迎える慣例などすっかり忘れて、シャオは思わずシュタールに駆け寄っていた。

それほどまでにシュタールは疲弊し切った表情でシャオの前に現れたのだ。

「ひどくお疲れのご様子ではありませんか」

目頭が熱くなり、声が上擦った。

「お前がそんなに辛そうな顔をすることはないだろう？　少し疲れが抜けなくてな。それで、シャオに癒してもらおうと思って登楼したんだ」

シュタールが穏やかに微笑んで答えるが、血色のよかった頬が少し瘦《こ》けて見える。

「わたしなどで……シュタール様が少しでも元気になられるのなら……」

心からそう思う。知らず、涙がひと雫《しずく》、シャオの頬を伝って落ちた。

「だから笑っておくれ、シャオ。お前にそんなに哀しそうな顔をさせるためにきたんじゃない」

シュタールが手を伸ばし、シャオの涙を拭ってくれる。

「も、申し訳ありません……」

シャオは顔を上げ、涙に潤んだ瞳で微笑んでみせた。

「きっとお前も聞き及んでいるだろうが、チンファ地域で起こった暴動の鎮圧に駆り出されてな」

　いつものようにベッドに腰かけるシュタールに、シャオは葡萄酒ではなくまずは心を落ち着かせる効果のあるハーブティーを淹れて差し出した。

「暴動そのものは小規模なもので、すぐに制圧されたと噂に聞きました」

　キトラの街で誰もが耳にできる程度の噂を聞いたと答えた。まさかドージェから仔細《しさい》を聞いているなんていえるわけがない。

「シュタール様がご無事でなによりです。それで、お怪我などは……？」

　シュタールがハーブティーに口をつけないのを心配しつつ、シャオはなるべくふだんと変わらない態度で接するよう心がけた。ドージェからアロイスとともに空を駆るシュタールを見たと聞かされたせいで、心臓が痛いくらいに鼓動を打ち、肌が汗ばむ。

　ここで変に動揺したら、シュタールに疑惑を抱かれかねない。

　ドージェへの義理とシュタールへの想いの板挟みに、シャオの胸は押し潰されそうだった。

「俺は大丈夫だ……」

　いつになく口数が少なく暗い表情のシュタールに、シャオはどんな言葉をかければいいのか逡巡《しゅんじゅん》するばかり。

「お茶よりも……葡萄酒になさいますか？　あ、そういえば今朝、ロイエが市場で葡萄酒によく合うという北の海の珍味を買ってきてくれたんです」

なんとかシュタールに元気になってもらいたいと、シャオは努めて明るく振る舞った。ベッド脇のテーブルにシュタールのために揃《そろ》えた翡翠色の酒器を用意し葡萄酒を注ぐ。小皿には北国の海で採れたという魚の卵を調味料に漬けた珍味を盛った。

「さあ、シュタール様。まずは一献」

葡萄酒の入ったグラスを捧げ持ち、シャオはこれ以上はないという笑みを浮かべてみせる。

「ありがとう、シャオ。しかし……今は酒を飲むような気分じゃないんだ」

しかしシュタールは俯いたまま、シャオの顔を見てもくれない。

「……シュタール様、なにか……お辛いことでもあったのですか？」

ドージェの話では、シュタールたちの竜兵団は圧倒的な強さで暴動を制圧したという。もしシャオがトニストニアの人間だったら、暴動を簡単に鎮めることができて安堵するか、もしくは派手に喜んだりしただろう。

しかし、目の前で憔悴《しょうすい》し切ったシュタールを見ていると、まるで制圧された側の人間のように思えてくる。

「お前の……祖国だった地域だ」

重苦しい静寂を、シュタールの低く掠れた声が破った。

その声に、シャオはハッとする。

いつもキラキラと透きとおっている翠玉色の瞳に苦悶《くもん》の色を滲ませ、シュタールがシャオを見つめていた。

「もう五年も経っているというのに、まだ……あちこち焼け野原のままだった」

大きく逞しい背中が小刻みに震えるのを認め、シャオは慌ててシュタールの隣に腰かけた。そして小さな手をそっと添えた。

「いくら……暴動の徒が潜んでいるからといっても、あの地にはやっと再出発しはじめたばかりの民もいた……っ。なのに……俺たちは――ッ」

シュタールが拳で自分の腿《もも》を激しく叩く。

ゆっくりと復興しはじめていたチンファ地域を再び焼き尽くしたことを、彼が後悔していることは誰の目にも明らかだった。

「シュタール様……」

美しくて、優しい人。

けれど、チンファ王国を火の海にして焼き尽くし、シャオの母を奪った竜兵団の将校――。

どんなに優しくしてくれても、所詮は憎い敵国の将校だ。

ドージェの信頼を裏切ることもできず、シャオは必死でそう思い込もうとしてきた。

でも、どうしてもシュタールを憎むことができずにいる。

そうして今また、後悔と自責の念に苛まれるシュタールの姿に、かける言葉もなくうろたえるばかり。

「クソ……ッ」

ベッドに拳を激しく叩きつけたかと思うと、シュタールがテーブルに置かれたグラスを手にとり一気に呷った。

「なにが……帝国だ――っ！」

上擦った声で吐き捨て、今度は葡萄酒の瓶をそのまま口に運ぶ。

「シュタール様、いけません」

自棄《やけ》になって葡萄酒を呷るシュタールに、シャオは縋りついた。

「どうして止めるんだ、シャオ。俺が飲めば飲んだだけ、お前の花代に上乗せされるんだろう？　さあ、ロイエにいってもっと酒を持ってこさせろ。料理もどんどん運ばせて、ほかの娼妓も呼んでやろうじゃないか」

あきらかにいつものシュタールではなかった。

葡萄酒の瓶はあっという間に空になって、用意した肴《さかな》もすぐに足りなくなってしまう。

シャオは仕方なくロイエを呼んで、酒と料理を運ばせた。けれど、ロイエにはすぐに下がるようにいって、ほかの男娼を呼ぶこともしなかった。

あの凜々しくて優しいシュタールが、酔って自暴自棄になっている姿など、ほかの誰にも見せたくなかったからだ。

その夜、シュタールはシャオが止めるのも聞かずしたたかに酒を飲み、酔いに任せて愚痴を零《こぼ》し続けた。

シャオを膝に抱き、子供のようにチンファ王国の伝説をせがんだ屈託のないシュタールとはまるで別人のようだ。

ふだんと違う雰囲気を察してか、ランもずっと鳥籠の隅で身を縮めている。

酔いと激昂《げっこう》に顔を赤らめ、唾液《だえき》を飛ばして声を荒らげるシュタールに、シャオは俯いたまま酌を続ける。

「だいたい昔のままでも、我がトニストニアは充分に豊かな国だったじゃないか……っ」

ダン、と激しくテーブルに拳を叩きつけ、シュタールが空になったグラスをシャオに差し出した。

葡萄酒を注ぎ入れながら、シャオはどうしてシュタールが今夜に限ってこんなに荒れているのかを考える。

けれど、答えはいっこうに出てこなかった。

「鉄鉱山を……見つけたのなら、それを産業にして他国と交易すればいいだけだろう？　なのにどうして……他国を侵してまでトニストニアを大きくする必要があったんだ

「……っ！」

もとはチンファ王国の農村出身のシャオでも、今は高級男娼としてそれなりの教養を身につけている。だからこそ、シュタールがトニストニアの体制を批判することが、どれだけ危険なことかも分かっていた。

「シュタール様、今宵はもうこれくらいになさって、どうかお休みになってください」

シュタールの手からグラスを奪おうと手を伸ばす。

しかし反対に細い手首を掴まれて、酒臭いシュタールの胸に抱き込まれてしまった。

「シャオ……」

乱暴に長い髪を鷲掴まれ、肩口に顔を埋《うず》められる。

「あ……っ」

一瞬、このまま抱かれるのではないかと思ったが、それは杞憂《きゆう》に終わった。

シュタールはシャオをきつくきつく抱きしめたまま、まるで駄々っ子が母親に甘えるような仕草でシャオの肩口に額を擦りつけたのだ。

「西の果ての山の中で、静かに暮らしていればよかったんだ……」

いつもは頼り甲斐《がい》のある大きな背中が小さく震えるのを認めて、シャオは胸を詰まらせた。そっとシュタールの背に手をまわし、静かにゆっくりと撫で摩《さす》ってやる。

いつもシュタールがシャオにしてくれていたように……。

　すると、シュタールがわずかに顔を上げて視線を合わせてきた。

　酔いのためか、それとも激昂のせいか、翠玉色の瞳がまるで泣いたあとのように潤んでいる。

「シャオ」

　掠れた声に、シュタールの苦悩を汲《く》みとって、シャオは小さく首を傾げて微笑みかけた。

「トニストニアは今……欲をかいて領土を広げたせいで、辺境まで目が届きにくい状況に陥っている。おかげでお前も知ってのとおり、辺境地域を中心に暴動や小さな争いがあとを絶たない」

　憔悴しきったシュタールの言葉を聞きながら、シャオは脳裏にドージェとその仲間たちのことを思い浮かべた。

「そのたびに竜兵団や騎士団が鎮圧に駆り出され、傷つけなくてもいい人を傷つけ、命を奪い、再び立ち上がろうとしていた人々を苦しめる」

　ほんの少しずつだが、シュタールがいつものような落ち着きを取り戻しているのが、声の調子から伝わってきた。

「おいで、シャオ」

　今にも泣き出しそうな、そんな微笑みを浮かべて、シュタールが膝に腰かけるよう促す。

　シャオは葡萄酒の瓶をテーブルに置くと、小さく一礼してからシュタールの膝にそろりと身体を移した。両脇の下からシュタールが抱き支えてくれるのに身を任せ、ベッドの上で胡座をかいた膝の上にちょこんと落ち着く。

「今日の俺は……酔っているな」

自嘲の笑みを漏らしてシュタールが見つめるのに、シャオは小さく首を振る。

「たまには今宵のように、胸に溜まった澱を吐き出すことも、必要なのではないでしょうか？」

シャオだってひとりの夜、ランといっしょに月に向かって歌を歌い、苦しく切ない想いを吐き出すことがあった。決して言葉にはしないけれど、そうするだけで少しだけ心が晴れる気がするのだ。

「誰にだって我慢していることや、愚痴はあると思います。それを吐き出す機会や場所、相手があることは……きっと幸運なことだと思うんです。だからその……シュタール様」

シャオは思い切って翠玉色の瞳をまっすぐに見つめていった。

「わたしなどでよろしければ、いつだって愚痴をお話しになってください。決して他言はいたしません。シャオの心からの願いだった。

それは、シャオの心からの願いだった。

たとえシュタールが漏らした愚痴や悩みが、ドージェが求めるトニストニアの情報であっても、自分の胸の内にだけ留《とど》めておこうと固く決意する。

「いつも感心していたんだが、お前は本当に強いな」

「え……？」

シュタールの美しい瞳が自分を捉《とら》えていた。切なく、眉を寄せてとても寂しそうに揺れている。

けれどその瞳には穏やかな優しさが滲んでいた。

シャオは新緑の瞳に心を奪われ見入ってしまう。

「俺はずっと……トニストニアのため、この国の人々が豊かになれるならと、ただその想いだけを胸にアロイスとともに戦ってきた」

シュタールがシャオをすっぽりと腕の中に抱くと、小さな肩に顎をのせて話しはじめる。

「だが……最近になって、トニストニアはどこかで道を誤ってしまったんじゃないかと、そう思うようになったんだ」

「……誤った？」

シュタールの膝の上で小首を傾げ、シャオはその言葉の意味を考えてみる。けれど、生まれた国も違えば立場も違うシャオには、シュタールがなにを思ってそういったのか分からない。

シュタールはシャオの藍鉄色の髪をひと筋摘《つま》んで手遊《てすさ》びしながら静かに語った。

「なあ、シャオ。母を殺され、国を追われ、自らも男娼として売られて心身ともに傷ついたお前なら、誰よりも戦の残酷さや哀しみ、そして虚しさが分かるだろう?」

淡々とした穏やかな語り口が、余計にシャオの胸に痛みとなって伝わった。

五年の歳月を経た今でも、シャオはあの地獄のような光景を鮮明に思い出すことができる。春の日差しに溢れた農村が一瞬で火の海と化し、多くの命が奪われた。

シャオが助かったのは、本当に奇跡としかいいようのない状況だったのだ。

何度、母といっしょに死ねたらと思ったことだろう……。

「……っ」

キュッと唇を噛みしめ、シャオは逞しい腕の中で身体を強張らせた。

すると、シャオの苦痛に気づいたのか、シュタールがそっと腕に力を込めて抱きしめてくれた。

「すまない。お前を哀しませたかったわけじゃないのに……」

あたたかい腕に抱きしめられると、シャオはこのうえない安堵と切なさを覚える。

けれどこの腕は、竜を操り人々の命を奪う腕でもあるのだ……。

そう思うと、シャオは言葉に尽くし難い哀しみに包まれた。

「俺はもうずっと……考え、悩んできた。誰だって戦なんて好きじゃないはずだと——」

強く抱きしめられながら、シャオは驚きに小さく息を呑んだ。

うっすらと感じてはいたが、トニストニア竜兵団でも精鋭部隊を率いる将校であるシュタールが、本当にそんなことを考えていたなんて……。

「シャオだってもう二度と五年前のような辛い想いはしたくないだろう？　お前やロイエのように親を失って売られる子供が溢れ、豊かだった大地が焦土と化し、人々は飢えや憎しみのために心を病む……」

シュタールの言葉のひとつひとつが、シャオが口にせず胸にしまい込んできた想いとすべてきれいに重なった。

「山を焼き、家を焼き、人を……焼き、街を水に埋めて流す――。そんな戦を俺はもう何年も繰り返してきた」

いつもは凛《りん》として張りと深みのあるシュタールの声が、頼りなく掠れて震えている。

その声を聞いていると、シャオはわけもなく涙が溢れてくるのを我慢できなかった。

「勝どきをあげ、凱歌《がいか》を奏する楽団に続いて城に戻るとき、肌が震えるほどの歓喜と興奮を覚えたのは、トニストニアが周辺国へ攻め入りはじめた頃だけだ……」

何度もスンと洟《はな》を啜《すす》って涙を堪えつつ、シャオは黙ってシュタールの話を聞いていた。

なにもいわずにただ黙って聞いているだけでも、シュタールの心が少しでも軽くなると思ったからだ。

シャオは袖の内側から爪をきれいに飾られた手を差し出して、そうっとシュタールの血管の浮いた手の甲に重ねた。

「……シャオ？」

シュタールが不思議そうに見つめ返すのに、シャオはゆっくりと一度だけ瞼を伏せて応える。

すると、それまで暗く重い陰を宿していたシュタールの瞳が、明るく輝いたように見えた。

しっかりとした強い眼差しがシャオを見つめ、シュタールが手を握り返し口を開く。

「俺はもう……戦のために空を飛びたくはない。罪のない人たちの暮らしを奪うためにアロイス……竜たちを駆り出すのは間違っているとしか思えなくなった。これからは昔のように竜たちと力を合わせ、平和な国づくりのために働きたい」

「シュタール様」

揺るぎない翠玉色の瞳を見つめて、シャオはコクンと頷いた。そして、いつだったかシュタールが聞かせてくれた、いにしえのトニストニアの話を思い出す。

その昔、トニストニアでは竜は決して戦の道具ではなく、生きるために助け合う家族として存在していたこと。力を合わせて痩《や》せた土地を開墾し、山を切り開き、狩りをして暮らした遠い昔のトニストニアの姿。

「たまたま鉄鉱山を見つけて製鉄技術を得たせいで、俺たちの国は道を誤ってしまった。ただの山奥の小さな国だったのに、不相応に『帝国』だなどと名乗って……」

少し声を荒らげ、シュタールが表情を歪める。

「今のトニストニアの人間が俺の話を聞いたら、きっと冗談じゃないって馬鹿にするか呆《あき》れ果てるだろう。だが……シャオ、俺はできることなら昔のように、竜を戦に駆り出さず、他国を脅かすことなく共存できるような……そんな国にしたいと思うんだ」

シュタールがシャオを見つめ、はにかんだような表情で夢を語る。

「すばらしい夢だと思います。少なくともわたしはシュタール様を馬鹿になどいたしません」

シャオは心からそういった。眦《まなじり》からひと筋、涙が零れ落ちる。

シュタールが切々と語った想いも、自分が日頃から懐かしむ光景も、そして、ドージェが命を削《そ》ぐような想いで求めているものも、突き詰めればすべて同じ『幸福』ではないだろうか。

「どこの国の人であろうと、ただしあわせに暮らしたいと願っているだけなんだ……」

今まさにシャオがいおうと思った言葉を、シュタールが一言一句違《たが》わずに呟いた。

「シュタール様……っ」

抑え切れない想いそのままに、涙がシャオの漆黒の双眸からドッと溢れる。

口にこそしないけれど、きっとドージェも本心ではシュタールと同じ想いなのだと思った。

春にはのどかに雲雀の鳴く空が広がっていた故国チンファをとり戻し、ただしあわせに暮らしたいだけなのだ――。

願いも、求める幸福も変わらないのに、どうして啀《いが》み合い敵対し、戦わなくてはならないのだろう。

誰もがいやだと思う戦が、なぜこの世界からなくならないのだろう。

シャオが遣る瀬なさに涙に濡れた睫毛《まつげ》を瞬かせたときだった。

「シャオ」

不意にシュタールに抱きしめられたまま、ベッドに倒れ込む。

「……シュタール様……？」

クッションや椅子の代わりに腰かけて談笑することはあっても、シュタールは今までベッドに身を横たえたことなど一度もなかった。

ましてや、シャオを腕に抱いたままなんて――。

シュタールがシャオを背中から抱きしめ、宝石を散りばめた髪飾りごと髪を梳く。

耳許や首筋にシュタールの吐息がかかるたび、シャオは心臓がドキドキしてどうにかなってしまいそうだった。

そうして、シャオははたと気づく。

どんなに優しい客だろうと、抱きしめられると恐怖や嫌悪しか感じなかった。

今みたいにドキドキして目眩《めまい》がするような感覚に陥ったことはない。

自覚すると、途端に激しい羞恥を覚えた。

長い藍鉄色の髪のおかげで、きっとシュタールの目にシャオが耳まで真っ赤になっている様子は見えないだろう。

――もしかしたら、とうとうこのまま……シュタール様に……。

期待と不安が綯い交ぜになったような感情に戸惑いつつ身を固くしていると、シュタールが少し間延びしたような声でシャオの肩口で囁いた。

「竜に……アロイスの背に乗って、空を駆けるのは最高に気持ちがいいぞ」

酔いがまわったのだろうか。シュタールが少し呂律《ろれつ》が怪しくなった口調で続ける。

「なあ、シャオ。いつの日か……平和な時代がやってきたら、必ずお前をアロイスの背に乗せてあげよう。お前の青みを帯びた髪が風になびいて太陽の光に透ける様は、さぞ美しいだろうな……」

そろりそろりと髪を撫でてくれる大きな手のぬくもりと、酔ったうえでの戯れ言と分かり切った言葉。

それでも、これまでで一番の幸福がシャオを包み込む。

シュタールの竜――アロイスの背に乗って、風を切って空を舞うなんて、それこそ夢のようだ。

「それとも、やはり竜は恐ろしいか?」

らしくない不安げな声に、シャオはゆっくりと男らしい腕の中で振り返った。

すると、すぐ目の前に、ほんのりと目許を紅潮させたシュタールの色っぽい顔があった。

したたかに酔っているせいか翠玉色の瞳が潤んでいる。お日様のような印象ばかりだった彼の表情が、独特の色香をたたえてシャオをまっすぐに見つめていた。

「お前の母の仇であるといってもいい……そんな竜に、お前を乗せたいと思うのは、俺の我儘《わがまま》だろうか、シャオ?」

幼い子供がお強請《ねだ》りするように首を傾げる仕草に、シャオは無言でフルフルと首を振った。そして自らシュタールの筋肉の盛り上がった肩へ腕をまわして抱きしめる。

「い……いいえ、シュタール様。竜は……確かに大きくて恐ろしいけれど、シュタール様の竜ならきっとわたしは平気だと思います」

重なり合った胸の鼓動がやたら強く、大きく感じる。

それが自分のものなのか、それともシュタールの鼓動なのかすら、シャオには分からなかった。

金糸の髪が流れる肩口に顔を埋め、シャオはこのまま抱いてくれないだろうかと思う。

そう思った途端、身体の……いいや、腰の奥からジクジクとした疼《うず》きが生まれた。

全身がじわりと熱を帯び、心臓がさらに高鳴る。

「シュタール……様」

名を呼ぶだけで、胸が軋むように痛んだ。

シャオは細い腕に力を込めて、ぎゅっとシュタールの身体を抱きしめる。

そうするほかに、どうすればシュタールが自分を抱いてくれるのか分からなかったからだ。

「シャオ」

シャオの旋毛《つむじ》に息を吹き込むようにして、シュタールが小さく名を呼んでくれる。

「あ……」

シャオの全身にさざ波のような快感が走り抜けた。

今まで、誰に、どんなふうに弄《いじ》られても反応したことのない性器が、ささやかに勃《た》ち上がりはじめる。

「あ、の……シュタール様……っ」

はじめて感じる淡く、それでいて鮮明な快感と欲情に戸惑い、シャオはシュタールを呼び求めた。羞恥に染まった顔を上げ、上目遣いに見つめる。

シュタールがなごやかに微笑んで、シャオを抱いたまま囁いた。

「ただ……青い髪の噂を確かめたかっただけだったのに、俺はお前に出会えて……よかったと……そう思わずにいられないんだ。シャオ――」

いつになく柔和な微笑みと、少し甘えるようなシュタールの口調に、身体だけでなく胸の奥までが熱くなって仕方がない。このままシュタールの腕の中で燃え尽きてしまうんじゃないか、それならそれでも構わないとさえ思えてくる。

「お前の髪は噂ともチンファの伝説とも異なるが……俺には、この世のどんな髪よりも格別に美しい髪だ」

「……そ、んなっ」

シャオの動揺をよそに、シュタールが藍鉄色の髪をひと摑み手にとってそっと唇に押しつけた。まるで神に宣誓するような仕草は、一瞬の澱みもなく流れるよう。

「信じられないというなら、何度だって褒めてあげよう。シャオ、お前の髪はこの世でもっとも美しい」

シュタールに真顔でいわれると、本当に自分の髪がこの広い世界で一番美しい髪のように思えた。

黄金で染めあげたようなシュタールの髪よりも、シュタールが聞かせてくれた北国の女王の氷のような銀色の髪よりも――。

「こんな……青い絵の具に墨を溶かしたような、髪が……？」

「ああ」

シュタールの瞳は、確固として揺るぎない。

シャオは全身をブルッと大きく震わせた。

欲情とはまた別の、言葉に尽くせない感動に包み込まれる。

涙が再びドッと溢れた。

堪らず、シュタールの胸に顔を押しつける。

「シャオ？」

シュタールが驚いて呼びかけてくれるけれど、シャオは肩を震わせるばかりでなにも答えられなかった。

『決してこの髪の色を、他人に知られてはダメよ』

母の厳しい言いつけを守り、ずっと隠してきた藍鉄色の髪。

誰とも違う、秘密の髪色。

シャオはずっと自分の髪は醜いと思っていた。幼い頃から今日まで、負い目に感じていたのだ。

その髪を、シュタールだけがこの世で一番美しいといってくれた。

「……っ」

幼馴染みのドージェでさえ、シャオの本当の髪色を知った途端、チンファ士族の血を受け継ぐ証拠だといって、まるでシャオ本人のことなどどうでもいいような態度を見せた。

ただ故国再興の象徴としてしか、シャオの髪を見てはくれなかったのだ。

おまけに、ジュゲールではこの藍鉄色の髪のおかげで『アルス・アルータ』という望みもしない位を与えられ、文字どおり客寄せに使われている。

シャオはもうずっと、自分の髪が好きではなかった。

けれど、今、この瞬間、シャオは生まれてはじめて、自分の髪色を好きだと思えたのだ。

「シュタール様だけですよ。ほかのお客様はわたしの髪を見るなり残念がったり、悔しがったり……。なのに、この髪を見て……美しいだなんて――」

穢らわしいと貶《けな》されて当然の男娼の自分を、シュタールは優しい瞳で見つめてくれる。

伝説の王様のような真っ青な髪じゃなくても、きれいだと撫で梳いてくれた。

「嬉しいです。……心から感謝を……」

溢れる涙を拭うのが追いつかない。

「シャオ……？」

ぽろぽろと涙を零して微笑むシャオを、シュタールが困惑顔で抱きしめてくれる。

「ありがとうございます。シュタール様に頂戴したお言葉、シャオは一生忘れはしません」

今度は素直に腕を差し伸べて優しいぬくもりを抱きしめ、シャオは睫毛を震わせた。

今までにも、優しくしてくれた客がいなかったわけではない。

けれど、シュタールに対して抱くような熱い想いは、一度だって感じたことはない。

はじめてだ。

ドージェに対する兄を慕うような感情とも違う、ほんのりとあたたかくて優しい感情は
シュタール様が、好きだ。

これが……恋、というものだろうか？

やわらかで穏やかな心地と同時に、胸が軋むほど締めつけられるような痛みをともなう、自分ではどうにも手に負えない感情――。

「シャオ、どうして泣く？　お前を美しいと……心のままに告げただけなのに……」

腕の中でしゃくり上げるシャオを抱きしめながら、シュタールが戸惑っている。

シャオは分厚い胸に顔を埋めたまま、小さく唇を動かした。

『抱いて……くださいませ』

声は出さずに、心から溢れる衝動のまま、ただ唇を動かしただけ。

シュタールに、抱かれたい。

シュタールになら、どんなにひどく抱かれても構わない。

その精を身体の中いっぱいに注いでほしい。

そうすれば、きっとこれから先にどんな辛いことがあっても耐えられる――。

『どうか、わたしを抱いてくださいませ』

シュタールのシャツの襟をキュッと掴んで呟く。

だが当然、シュタールにシャオの望みは届かない。

「お願いだ、シャオ。泣きやんでくれないと、あとでロイエに睨まれてしまうだろう?」

「……ふふっ」

シュタールのあまりの困惑ぶりに、シャオは思わず小さく吹き出してしまった。

今ではすっかりロイエもシュタールのことが大好きになり、客ではなくそれこそ年の離れた兄のように慕っている。

「あんなに小さいのに、ロイエはお前のこととなると途端に鬼のように恐ろしくなるんだ」

涙を拭って少し腫れてしまった目許を綻ばせ、シャオは愛《いと》しい人の顔を見上げていった。

「……まあ、シュタール様は、ロイエが恐ろしいのですか?」

「お前はロイエが本気で怒った姿を見たことがないから、そんな呑気《のんき》なことがいえるんだ。すごいんだぞ、まるで本当に角が生えてきそうな剣幕で俺を怒鳴るのだからな」

「トニストニアの竜兵団の将校様も形無しではありませんか」

なにごともなかったかのように笑いつつ、シャオははじめての恋の痛みに耐えていた。

なんて熱く激しく、そして切なくて痛い感情なのだろう。

それでも、一度知ってしまった恋の味は、シャオを一瞬で虜《とりこ》にしてしまった。

シュタールが、好き。

大好き、と――。


帝都キトラの男娼館ジュゲールの高楼で、シャオはロイエから辺境地域で繰り返し暴動が起こっていると毎日のように聞かされて過ごした。

ドージェは各地を転々としているようでキトラには姿を見せず、チンファ王国出身の仲間がロイエとの伝達係を任されているようだった。

飛び火するように辺境地域で小規模な暴動が起こるたび、シュタールの竜兵団も制圧に駆り出される回数が増えていた。

「無事にお戻りになられたのですね」

「ただいま、シャオ。元気そうでなによりだ」

シュタールは遠征から戻ると、必ずシャオのもとへ登楼してくれる。しかし、その表情はいつも哀しげで、お日様のような微笑みは浮かんでいない。

「お怪我はないようですが、ひどくお疲れのご様子……。今宵は葡萄酒は控えられた方が……？」

傷ひとつ負うことなく無事に帰還した姿を喜びつつも、会うごとにシュタールの容姿がやつれていくのが遣る瀬ない。

「……こんな小さな暴動を起こしたところで、なにが変わるというわけでもないのにっ」

あからさまに不機嫌な表情でシュタールが舌打ちする。握った拳が怒りに震えていた。

「シュタール様……」

眉間に深い皺を刻み、爪を噛み一点を凝視するシュタールの横顔に、シャオはかける言葉ひとつ思いつけない。

ドージェからは伝達係を通じて、トニストニアの情勢や竜兵団の規模や体制など、シュタールから聞き出してほしいと何度もせっつかれている。

けれど、シュタールへの恋を自覚したシャオに、そんなことが訊ねられるわけがなかった。

ましてや近頃のシュタールは不機嫌だったり、落ち込んでいたり、とても竜兵団の話を切り出せるような雰囲気ではないのだ。登楼してきても刺々《とげとげ》しい態度でシャオに微笑みかけもせず、どんなに控えさせようとしても葡萄酒を浴びるほど飲んでは、シャオを抱きしめて眠るだけ。

『俺はもう……戦のために空を飛びたくはない』

シュタールの想いは、シャオの願いでもある。

どうにかして、戦を避けることはできないかと、日々思い悩んで過ごすようになっていた。

だがそれは同時に、打倒トニストニアを誓うドージェへの裏切りでもある。

それでも、シャオは自分の大切な人たちを戦わせたくはない。

戦の惨さを、ドージェは身をもって知っているはずだ。

チンファ王国の剣士団長の父を五年前の戦で失い、自らも戦ったのだから。

――きっと、ドージェもシュタールも、戦しか手段を知らないだけなのだ……。

シャオは思った。

戦わずに、人を殺さず、土地を奪わずに済む方法があれば、誰も苦しんだり哀しんだりしなくていいのに……。

「シャオ、今夜は葡萄酒もなにもいらない。お前を腕に抱いて、眠らせておくれ……」

疲れ果てた表情で、シュタールが手招きする。

翠玉色の瞳が澱んで見えた。

「はい、シュタール様」

シャオは泣いてしまいそうになるのを我慢して、微笑みながらシュタールの腕をとった。

シュタールとドージェを、戦わせたくない。

もう誰も、大切な人を失いたくはない。

けれど、籠の鳥である自分には、どうすればいいのかさえ分からない。

ルル、ルルル……。

ランが、鳥籠の中で哀しく歌う――。

シュタールの腕に抱かれて寝息を聞きながら、シャオはもどかしさに唇を噛みしめた。

【四】

それは、まだ夜も明けぬ、鳥の声さえ聞こえない時間だった。

「シャオ様」

高楼の私室で浅い眠りに浸っていたシャオは、ロイエの声で覚醒《かくせい》した。客を迎えてもてなす部屋の奥に、小さなベッドと机だけが置かれたこぢんまりとした私室の扉の向こうから、ロイエがもう一度呼びかける。

「よろしいですか、シャオ様」

「……どうしたの？」

鐘の音が鳴らないことから、客が登楼したわけではないと察して、シャオは夜着のままロイエを私室に迎え入れた。

「あ」

だが、ロイエのすぐ背後にぬっとした黒い影を認めた途端、シャオは心臓が口から飛び出すかと思うほど驚いた。

「ドージェ……？」

トニストニアの騎士団でも最下層の兵士が着せられるという外套《がいとう》を身に着け、フードを深くかぶったドージェが、無言のままシャオの私室にずかずかと入ってくる。

顔を見せると必ず声をかけてくれる彼がまとう重苦しい空気に、シャオはかすかな緊張を覚えた。

「なにかありましたら、すぐに知らせに参りますから」

ロイエが声を潜めてそそくさと部屋を出ていく。おそらくドージェがシャオの高楼にいることは、娼館《しょうかん》主のダニロも知らないに違いない。

シャオはグラスに水差しから水を注いで、外套を脱ぎもせず沈黙するドージェに差し出した。

「シャオ」

しかし、ドージェはグラスを受けとらずに鋭い目で睨《にら》みつけてきた。

「あのシュタールとかいう竜兵団の将校、随分とお前に執心しているという話だが……？」

落ち窪《くぼ》んだ双眸《そうぼう》は精悍《せいかん》というよりも荒《すさ》んで見える。日に焼けた右頬《みぎほお》に大きな擦過傷があった。声もシャオの記憶にあるものよりも低く嗄《しゃが》れているような気がする。

辺境地域を転々としながら暴動を主導しているというドージェが、どんな修羅場をかいくぐっているのかなんて、シャオには想像もできなかった。

「伝達係の男から聞いたところによると、ロイエも手懐《てなず》けられてしまっているとか……。ガキは優しくされるとコロッと心を移すからな」

疑念に満ちた双眸に見据えられて、シャオはたじろいだ。

「ドージェ……」

「いく先々で、あの憎らしい大きな竜と金髪野郎を見るぜ。アイツの竜は異能種だから余計に目立つ。仲間たちも相手がアイツの竜兵団だと分かると、途端に戦意を喪失して蟻《あり》の子を散らすみたいに逃げちまう」

自嘲《じちょう》の笑みを浮かべてくぐもった声で吐き捨てるドージェに、シャオは得体の知れない恐怖を覚えた。

「お前があの男から有意義な情報を……ほんの些細《ささい》な話でも聞き出してくれていれば、戦う手立てを考えることもできるのにな、シャオ」

ドージェが嫌みっぽくいってシャオを横目で睨むと、ようやくグラスを受けとって口をつける。そして一気に飲み干すと、グラスを床に投げ捨てた。

「あ……っ」

割れることはなかったが、ゴトリと音を立ててグラスが転がる。

誰《だれ》かに気づかれるのではないかと、シャオは気が気でない。

「おい、シャオ」

慌ててしゃがんでグラスを拾い上げるシャオに、ドージェがゆっくりと歩み寄る。泥に汚れた長靴を視界に捉《とら》え、シャオはハッとして顔を上向けた。

「ロイエがいってたぜ。シュタールは竜の話をおもしろおかしく話してくれた。菓子を食べさせてくれて、シャオにもとても優しくしてくれる――とな」

ギラギラと鈍い光を放つドージェの瞳《ひとみ》に見下ろされて、シャオはまるで蛇に睨まれた蛙《かえる》のごとく身動きできなかった。息をするのもやっとの状態で、手にしたグラスが汗で滑り落ちそうになる。

「まさか……、あの男に惚《ほ》れたんじゃないだろうな」

ドージェの息が乱れていた。外套を着たままの肩が大きく上下している。

「……っ」

胸に秘めた想いをいい当てられて、シャオは愕然《がくぜん》と目を瞠《みは》った。

誤魔化《ごまか》すなんてことはできない。そんな余裕も、手管も、思考すらもなかった。はじめて胸に生まれた「恋」という感情を、シャオはいまだ持て余していたのだから――。

「ド、ドージェ……聞いて？　僕は……ただっ」

褐色の瞳に明らかな怒りが浮かぶのを認め、シャオはいい訳の言葉を探し倦《あぐ》ねる。

しかし、もう遅い。

「惚れたのか？」

部屋の空気がビリビリと震えるような、低い声だった。

土埃《つちぼこり》と傷にまみれたゴツゴツした手が、シャオの細い肩をがっしりと摑《つか》む。太い指が肩の骨を砕かんばかりに食い込んだ。

「ッ痛……いっ」

痛みに堪《たま》らず顔を顰《しか》めるシャオを、ドージェがそのままベッドへ押し倒した。

「な、なに……っ」

恐怖と困惑と、そして思いもしなかったドージェの行動に、シャオはなす術《すべ》もなく組み伏せられてしまう。

チチッ、チチッ。

私室に移していた鳥籠《とりかご》の中で、ランが短い鳴き声をあげる。

「オレが……っ」

外套のフードがはらりとずれ落ちて、ドージェの苦しげに歪《ゆが》んだ顔が現れた。その彫りの深い顔を、窓から差し込む月明かりが照らし出す。

「オレが今までどんな想いで、どんなに苦しんで……耐えてきたと思ってる――っ！」

ドージェの独白はシャオの心に激しく響いた。

「こんなところで男娼《だんしょう》なんかになって……。ほかの男に、敵国の男たちに好き勝手……抱かれやがって……！　オレが平気でいたと思ってんのかよ、シャオッ！」

獣じみた咆哮《ほうこう》をあげて、ドージェがシャオの夜着を一瞬で引き裂いた。

「ドージェッ……！」

シャオは堪らず悲鳴をあげた。足をばたつかせ、なんとかドージェの腕から逃れようと腰を捻《ひね》る。

「あの……シュタールとかいう男にも、抱かれたのか？」

屈強な戦士であるドージェに、シャオが力で敵《かな》うはずがない。容易《たやす》く手足の自由を奪われ、剝《む》き出しになった薄い胸許《むなもと》に口づけられる。

「ちが……っ！　いや、だ……ドージェッ！」

「なにが違う？　男娼として……あの男の相手を何度もしてきたくせに……っ！」

シャオのよく知る客たちと同じ匂《にお》いが、幼馴染《おさななじ》みの全身から立ち昇っていた。

「お前が男娼となっていると知ったときのオレの哀しみが分かるか？　お前の髪が……青いと知ったときのオレの辛《つら》さが分かるか？　なあ、シャオ……ッ」

ドージェが唸《うな》るような声でシャオを責めながら、首筋や胸に唇を押しつけていく。

「お前が青い髪の王の血を継ぐ者かどうかなんて、オレにはどうだってよかったんだっ」

「……ドージェ、おねがい……だからやめてくれ……よっ」

譫言《うわごと》のようなドージェの言葉を聞きながら、シャオは脳裏にたったひとり愛《いと》しい人の姿を想い描いていた。

――シュタール様……助けてっ。

「オレはただ……お前を一日もはやくこんなところから救い出してやりたくて……っ。チンファでまた……昔みたいに暮らしたくて……っ」

明らかな股間《こかん》の昂《たかぶ》りを腰骨に押しつけられ、シャオは身を竦《すく》ませた。

「ヒッ……ィ」

涙が、溢《あふ》れた。

兄とも慕ったドージェに組み敷かれ、シャオは茫然《ぼうぜん》として涙する。

「ただお前のためだけに……チンファ王国の再興を願って、オレは……オレは――ッ」

そのとき、高楼の階段を激しく踏み鳴らす複数の足音が聞こえた。

「――ッ！」

ハッとしてシャオの上からドージェが飛び退《の》いた直後、仄《ほの》かに白みはじめたキトラの空に、高らかに鐘の音が鳴り響いた。

まさかこんな朝早くに登楼する客がいるなんて……。

ドージェがいると知らないダニロが、構わずに迎え入れたのだろうか。

「ド、ドージェ……どこかに、身を隠して……っ」

咄嗟《とっさ》にシャオが叫んだ瞬間、客間の扉に続いて私室の扉が乱暴に開け放たれた。

「シャオ様……！　ドージェ様っ！」

悲痛なロイエの叫び声とともに姿を現したのは、トニストニア兵の平服に竜兵団の外套をまとったシュタールだった。

「シュ……タール様？」

一瞬、シャオはなにが起こったのか理解できなかった。

ベッドの上で半裸のまま、これ以上はないというくらい目を見開いて、黄金の髪を逆立てたシュタールを凝視する。

「貴様……っ」

低い雄叫《おたけ》びはドージェが発したものだ。ロイエの手引きで高楼へ忍び入ったドージェは、本来であれば娼館内に持ち込みを禁じられている剣を携えていた。

「――ッ！」

シャオが止める間もなく、ドージェがスラリと大振りの両刃の剣を抜き放つ。その切っ先は当然のようにシュタールへ向けられていた。

「アルス・アルータの私室に剣を携えて侵入するとは、お前……なに者だ？」

ドージェの放つ殺気に圧倒されてシャオとロイエが固唾《かたず》を呑《の》む中、シュタールだけがさすがともいえる態度でドージェと対峙《たいじ》していた。

シュタールは剣はおろか、武器となるものは所持していないはずだ。

しかし、微塵《みじん》も物怖《ものお》じすることなく、いっそ憎らしいほどの余裕をたたえてドージェと睨み合う。

「赤みの強い焦げ茶の髪と、隆々とした身体《からだ》つきの剣の使い手……か。よく見れば、お前。辺境地域での暴動を主導している男に酷似しているようだな」

凛《りん》として美しく整ったシュタールの横顔が、徐々に狂気を孕《はら》んでいく。翠玉《すいぎょく》色の瞳が妖《あや》しく光り、いつも穏やかに綻《ほころ》んでいる口許が醜く歪んだ。

「……人違いだったら、どうする？」

ドージェも引く気配を見せない。シュタールに応《こた》えるようにニヤリと微笑《ほほえ》む。

「剣を携えた暴漢が帝都キトラ随一のアルス・アルータの私室に忍び入った。それだけで、俺にはお前をこの場で捕らえるか、処分する理由が充分に与えられる」

窓から差し込む朝日が、シュタールの逆立った黄金の髪を、獅子《しし》のたてがみのように燃え上がらせる。

「無腰で、このオレに勝てると思っているのか？」

ドージェが剣の柄を握り直し、体勢を整えた。

直後——。

シュタール目がけて剣を突き入れる。

「ドージェッ！」

喉《のど》が裂けんばかりの声を張りあげ、シャオは二人の間に割って入った。

「や、やめて……っ」

考えるよりも先に身体が動き、声が出ていた。

心臓が壊れたのかと思うくらいの速さでドクドクと脈打ち、息がひどく乱れる。

ドージェの剣の切っ先が、シャオの脇腹《わきばら》の寸前で震えていた。

「お願いですから……わたしの部屋で、争わないで……くださいっ」

知らず、涙が溢れ出る。

シャオは二人の男の顔を交互に見つめ、「お願いです」と何度も繰り返した。

扉の陰では、ロイエが恐怖のあまり失神している。

「そこを退《ど》くんだ、シャオ……ッ」

剣を構えたまま、ドージェが動揺と哀《かな》しみに瞳を揺らし、唇を戦慄《わなな》かせた。

しかし、シャオは譲らない。

「どうかシュタール様も、ここはジュゲールのアルス・アルータであるわたしのために、堪《こら》えてはいただけませんか？」

シャオは左手でドージェを制しながら、膝《ひざ》を少し折ってシュタールに頭《こうべ》を垂れた。

「この者はわたしの幼馴染みで、決して怪しい者ではないのです。五年前の戦で行方知れずになったわたしが、ここにいるという噂《うわさ》を聞いて……。表立っては会えぬ身分ですから、こうして忍んできてくれただけなのです」

懸命にシュタールに事情を説明すると、シャオは振り返ってドージェに剣を収めるよう目で訴えかけた。じっと幼馴染みの怒りに燃える瞳を見つめ、心の中で「どうか、お願いだから」と祈り続ける。

シュタールがドージェの素性に疑念を抱いていると分かった今、これ以上、二人をここにいさせるわけにはいかなかった。

ましてや本当にこの場で争いが始まれば、ドージェに分がないことは明らかだ。娼館中の人間がドージェを捕らえるためにシュタールに協力するに違いないのだから。

なによりも、シャオの大切な二人が争うところなど見たくはなかった。

「しかし、アルス・アルータよ」

緊張の糸が張り詰めた空間を、冷ややかなシュタールの声が切り裂く。

「お前のその姿からは、幼馴染みと再会を喜んでいたとは思えない」

激情に駆られたドージェに夜着を引き裂かれた姿を指摘され、シャオは顔色を失う。

「こ……これはっ」

急激な羞恥《しゅうち》に襲われつつ、シャオは咄嗟にシーツを身体に巻きつけて俯《うつむ》いた。

「勘違い、するな。オレがカッとなってしまっただけだ」

不意に、シャオに代わってドージェが口を開いた。剣を鞘《さや》に収めると、シャオに倣って床に膝をつく。

「シャオのことは弟のように大事に思っていた。戦のあともずっと捜し続けて……。それが……不本意といえど男娼なんて仕事を……っ」

低く頭を垂れたドージェの表情はシャオからは見えない。なにかを堪えるような声で紡がれた言葉が本心からのものなのか、それともこの場を凌《しの》ぐための方便なのか、確かめようがなかった。

「一生に一度だけのお願いです。どうかドージェを見逃してやってはくださいませんか、シュタール様」

両膝を床につけ、さらには額を擦《こす》りつけて、シャオはシュタールの足許にキスをした。

「わたしはシュタール様に買われた身です。ドージェを助けてくださるのなら、今日一日、どんなお言葉にも従います」

客が身請けを申し入れる際に、男娼の足に口づけを捧げることはよくあった。

しかし、アルス・アルータの位にある者が、客の足に口づけを捧げることは滅多にない。

いや、あってはならないことだった。

「シャオ……そこまでして、この男を助けたいのか？」

頭上から聞こえるシュタールの声には、まるで感情がなかった。

抑揚もなく、単調な低い声に、シャオは無言で再び口づけを捧げる。

ドージェが背後で悔しさに身震いするのが伝わってきたが、自分にはこうするほかないことはシャオが一番よく分かっていた。

沈黙が流れ、やがて、シュタールが重々しい溜息《ためいき》をひとつついた。

「分かった」

短く言って、気を失っているロイエをそっと揺り起こす。

「あ……ありがとうございます。シュタール様」

シャオはゆっくりと顔を上げると、シュタールの外套を着たままの背中を見つめた。

そして、気づく。

今まで感じたことのない、拒絶とも嫌悪ともとれる空気をシュタールが全身にまとっていることに――。


目を覚ましたロイエの手引きで、ドージェは誰にも気づかれることなく高楼から立ち去ることができた。

「シュタール様、どうぞこちらへ」

乱れた夜着から衣装に着替えると、シャオは私室から出て猫足のテーブルにシュタールを促した。

しかしシュタールは外套を脱いで腕にかけたまま、窓辺に立って朝日が昇る様子を眺めている。シュタールが登楼したときだけ使う酒器と葡萄《ぶどう》酒が、虚《むな》しくテーブルの上で手を伸ばされるのを待っていた。

「シュタール様。先ほどは本当に……ありがとうございました。なんとお礼の言葉を述べればいいのか分かりません」

まるでシャオの声が聞こえていないかのような態度のシュタールに向かって、もう一度深々とお辞儀《じぎ》をする。

「お願いです、シュタール様。そんなに怒らないでください。ドージェは……父のいないわたしを本当の弟のようにかわいがってくれていたんです。それが……このように男娼の身に落ちぶれていたと知って、悔しくて情けなくて仕方がなかったのでしょう。とてもきれいな心を持っていて、生真面目《きまじめ》でまっすぐな人だから……」

シュタールに話しながら、シャオは胸にチクンとした痛みを覚えた。

『不本意といえど男娼なんて仕事を……っ』

ドージェの心を疑うわけではなかったけれど、それでも兄のような彼の口から出た言葉は、シャオの心を深く抉《えぐ》り傷つけていた。

「お前は、どうして平気なんだ」

やっと口を開いたかと思うと、シュタールは忌々しげにシャオを睨みつける。

その視線が、余計にシャオを哀しくさせた。

「信じるかどうかは別として、事情は分かった。だが……お前は乱暴されそうになっていたんだぞ？　なのにどうして、あの男を庇《かば》う？」

大股《おおまた》で近づいてきたシュタールに、シャオは肩をきつく摑まれた。

「た……大切な、幼馴染みだから……っ」

骨が軋《きし》むほどの痛みに顔を顰めつつ、シャオはどうしてシュタールがこんなに怒るのか理解できずにいた。自分の身を案じてくれているにしては、度が過ぎるような気がする。

「幼馴染みにならっ……、お前は乱暴されても構わないというのか？」

「……ッアッ！」

ドン、と肩を突き放されたかと思うと、シャオはたたらを踏んでそのままベッドへ倒れ込んだ。

「シュタール……さま？」

肘《ひじ》をついて起き上がろうとしたところへ、外套を床へ投げ捨てたシュタールが覆いかぶさってくる。

「俺は、黙ってなどいられなかった」

苛立《いらだ》った表情でシャオを見下ろし、無表情のまま続けた。

「乱暴されても庇ってやるほど、あの男が大切なのか？」

「――え」

見たことのない、表情だった。

初夏の若葉を思わせる穏やかな瞳が、冷たく鋭い光をたたえてシャオを捕らえて離さない。頭髪よりも少し色濃い凜々《りり》しい眉《まゆ》を寄せた険しい顔つきは、まるで――そう、炎を吐く寸前の竜のようだ。

「黙っているということは、認めるのだな？」

「……っ」

シャオの全身を恐怖という名の悪寒が走り抜けた。鏡を見なくても、唇が色を失っていくのが分かる。歯が嚙《か》み合わず、寒くもないのにカチカチと震えて鳴った。

「服を破くような下劣な男でも、お前にとってはなによりも大事だと……。だから、平気で抱かれるのか？」

シュタールがなにをいっているのか、シャオにはまったく理解できない。ただただ、見知らぬ男へと豹変《ひょうへん》したシュタールが恐ろしかった。

「ならば、チンファ王国再興を目論《もくろ》む男に尽くして、俺を誑《たぶら》かすために抱かれるのも辛くはないだろう？」

シュタールの顔つきがいっそう険しくなり、猛獣のような威圧感を放つ。

「今回は見逃してやったが、さっきのドージェとかいう男……。奴が最近頻発している暴動の首謀者であることは間違いないのだろう？」

意地悪く目を眇《すが》めるシュタールに、シャオはわずかに首を振ることしかできない。

「奴とは……五年ぶりの再会だとお前は話したが、奴を送り出すロイエの様子は顔馴染みのようだったぞ？　なあ、どういうことだ、シャオ」

「え……な、なに……っ？」

ガクガクと震えながら、シャオは目に涙を浮かべてシュタールを見上げた。しかし潤んだ視界に映ったのは、これまでシャオを乱暴に犯した男たちと同じ狂気じみた欲情だけだった。

「さすがは、アルス・アルータの位を与えられるだけのことはある」

シュタールが、さも感心したとばかりに吐き捨てる。

「俺はすっかり……お前を本当にただのチンファの農村出の男娼だと信じ込まされていたようだ」

静かに眇められた緑の瞳に、シャオはハッとなった。

「い、いいえ……シュタール様っ！　決して、あなたを騙《だま》すような……っ」

はじめて恋した相手の疑念を拭《ぬぐ》いたくて、震える声でいい訳をする。

「黙れっ！」

だが、竜の咆哮にも似たシュタールの一喝に、なにもいえなくなってしまう。

「あ……」

シュタールがシャオの薄く血管の浮いた首許から、大きな手を忍び込ませほくそ笑んだ。

「チンファの代々の王は青い髪をしていたと、お前は何度も俺に話してくれたな。シャオ」

寝物語の代わりにと、シャオはシュタールにせがまれるまま、幼い頃から何度も聞かされたチンファ王国の伝説や、代々の王の逸話を話して聞かせた。

シュタールが子供のように無邪気に、そして興味深げに、シャオの物語に耳を傾けていたのを思い出す。

穏やかでしあわせな思い出が、余計にシャオを哀しくさせた。

「実はな……チンファ王国へ侵攻する前から、青い髪の王の伝説は俺たちも耳にしていた。だがその真偽までは分からないままだった」

五年前……シャオが春の空に見た、雲雀《ひばり》とそして、竜の群れ——。

母を失い、国を焼かれ、男娼として売られることになった、忌わしい過去——。

シャオの脳裏に忘れたくても忘れられない、凄絶《せいぜつ》な光景が甦《よみがえ》る。

シュタールに組み敷かれたまま身体を小さく丸め、シャオはガクガクと震えていた。

「俺たちが王宮へ攻め入ったときには、すでに王の一族全員が……自害して果てたあとだった。……忘れやしない……真っ赤に燃えさかる王宮の……青い広間で、おそらく臣下の者が刎《は》ねたのだろう……」

そのあとに続いたシュタールの言葉を、シャオは聞かなければよかったと思った。

「幼い子供の首まで……ひとり残さず刎ねて、焼かれていた――」

「あ、あ……ぅあ……っ」

嗚咽《おえつ》とも、悲鳴ともつかない声を漏らし、シャオは瘧《おこり》のように身を震わせる。

あの日、畑から眺めた丘の上の王宮で、そんな惨劇が起こっていたなんて考えたこともなかった。

「王宮を焼いたのは竜の炎じゃない。チンファの王族たちが自ら火を放ったんだ」

そうしてシュタールは、唯一水竜の能力をもっていたアロイスに、王宮の火を消し止めさせたのだと打ち明けた。

シャオは愕然とするばかりで、現実を受け止めることができない。

けれど、あの日はやはり自分の人生で一番悪い日に変わりないと思い知った。

「まるで俺たちに当てつけるかのような、見事に計算された火の放たれ方だった。おそらくチンファの王族たちは戦うことよりも、自ら滅ぶ道を選択したのだろう」

さすがにシュタールも沈痛な面持ちだった。

「……そ、んなっ」

凄絶な王族の最期をはじめて聞かされ、シャオは言葉が出ないどころか息をするのさえ辛いほどだった。

「焼け焦げた遺骸《いがい》からは、王たちの髪の色は判別できなかった……。だから余計に、お前の髪の噂を聞いて、俺は確かめずにいられなかったんだ」

シュタールの言葉が、シャオにはただの音にしか聞こえなかった。

なにも考えられない。いろいろなことが一度に起こって、自分がなに者かさえ分からなくなってしまいそうだ。

「王族たちがどうして炎に焼かれて自害したのか、俺は何度も考えた。……そうして導き出した答えは、たったひとつ――」

茫然自失の状態に陥ったシャオの首筋から胸許を撫《な》でながら、シュタールが淡々と続ける。

「青い髪を……伝説の証拠を、残さないためではなかったのか」

「し……らないっ。……なにも……知らないっ……」

シャオは両の瞳から滾々《こんこん》と涙を溢れさせながら、ふるふると首を振った。雪山に放り出されたみたいに、全身が冷たくて、寒くて堪らない。

それでもシュタールは許してくれない。胸を撫でていた手できつくシャオの首を拘束すると、腹を膝で押さえつけ、ベッドに散ったシャオの髪を右手で掬《すく》いとってニヤリと微笑む。

「髪の色こそ伝説とは違うが、本当はお前にも特別な力があるんじゃないのか、シャオ？」

「……そんな、力っ……僕には……」

チンファの小さな村で母と田畑を耕し、つましく暮らしていたと、シュタールに何度も話したではないか。

疑念に満ちた鋭い視線に突き刺すように見つめられ、シャオは必死に声を振り絞った。

「お……話ししたはずですっ……。で、伝説として残……っていても、昔から王族がほん……とに青い髪をしていたか、見た者は誰ひとりいない……と」

嗚咽に喉が引き攣《つ》りそうになる。それでもシャオはまっすぐにシュタールを見上げていった。

「本にも……王宮の文献にもっ、王様の髪が青かったなんて書かれていないっ。僕はあなたに……シュタール様に、何度もなん……ども、言い伝えだけが残って……お伽話《しぎばなし》として、語り継がれてきたと、お話ししたじゃないですかっ」

どうしようもなく、哀しかった。

シャオの悲痛な想いが、涙となって双眸から溢れ出す。

「僕は……ただの農民の子で、髪の色は……突然変異なんです。王族と関係があるなんて……そんなはず……ないっ」

「だが、お前の髪が青みを帯びていることに間違いはないだろう」

涙ながらに潔白を訴えるシャオに、シュタールの表情は氷のように冷たかった。

この醜く異様な藍鉄《あいてつ》色の髪を、ただひとり美しいといってくれたシュタールが、ずっと自分を疑っていたなんて――。

優しく膝に抱き、髪を撫で、穏やかに微笑んでくれたのは、自分がチンファ王国の遺児かもしれないと、真実を確かめるためだったのだ。

「ああ、そういえば……」

突然、シュタールが手にしたシャオの髪をギリギリと引き寄せた。

「い、痛……っぃ」

髪が抜けそうな痛みに耐えかねて、シャオは堪らず頭をもたげた。

苦痛に喘《あえ》ぐシャオに、シュタールが鼻先が触れそうなほど顔を近づけて囁《ささや》く。

「ジュゲールのアルス・アルータの噂で、俺が聞いていたのと異なっていた点が、髪色のほかにもうひとつ、あった」

翠玉色の瞳に、自分の漆黒の瞳が映るのを認める。

そのまま視線で射殺されてしまいそうな恐怖に、シャオは息をするのを一瞬、忘れた。

「部下やほかの者の噂に聞いた話だと、お前は客に愛想笑いのひとつもできない、髪の色と容姿しか取り柄のない抱き人形――ということだったが……」

蠟《ろう》で塗り固めたように、シュタールの表情はピクリとも動かない。整った容貌《ようぼう》と黄金色の髪、そして翠玉色の瞳が創りものめいて見えた。

「俺には最初から……随分と愛らしい顔を見せていたな？」

シャオの恋した、穏やかで優しいシュタールはそこにいなかった。

血の通わない悪魔のように美しい男が、今までシャオを乱暴に犯した客たちと同じ情欲をまとう。

「……っ」

恐怖に竦み上がり、わなわなと打ち震えるシャオに、シュタールがさらに信じられない言葉を突きつけた。

「まさかお前、俺がトニストニア第三王子――ヘンドラッド・シュタール・アナトールと、最初から知っていたのか？」

窓から差し込む朝日の眩《まぶ》しさも、遠く聞こえるランのさえずりも、そして、かすかな衣《きぬ》擦《ず》れの音さえ、シャオの意識から掻《か》き消えた。

「……え？」

衝撃のあまり、シャオは泣き腫《は》らした双眸を瞠る。

シュタールが、トニストニアの王子……？

「ははっ、図星か？」

口角をきつく上げた凶悪な笑みを浮かべて、シュタールがシャオの胸へ冷たい手を潜り込ませた。

「や……めっ」

咄嗟に身を捩《よじ》ろうとしたが間に合わない。

体格差もあって、シャオはシュタールの屈強な体躯《たいく》の下で身じろぐだけで精一杯だ。

細い足をばたつかせると、すかさずシュタールの手が衣装の裾《すそ》を捲《まく》って脹脛《ふくらはぎ》を撫でた。

アルス・アルータの衣装は、貫頭衣か巻きスカートを基礎にした形状をしている。そこに宝石などを縫いつけたショールや羽織などを重ねて豪華絢爛《けんらん》な衣装一式が完成する。

当然、下着の類《たぐ》いは着けない決まりになっていた。

「ひっ……、やめてください！　シュタール様」

「正当な花代を払って登楼した客に、やめろとはとんだ言い種《ぐさ》だな。それが本性か？　俺以外の客にはそうやって触れられるのを拒んでいたらしいじゃないか」

シャオは堪らず膝を閉じた。しかし、シュタールは構わずにシャオの足を撫でまわす。

「……ちがっ……」

ほかの客と、シュタールをいっしょにはしたくなかった。

けれど今、目の前にいるシュタールは、シャオの知っている優しいシュタールではない。

「あのドージェとかいう男から、俺のことを聞いていたんだろう？　アルス・ノルータともなれば、朴訥《ぼくとつ》な農村出の可哀想《かわいそう》な孤児と出自を偽って、男を誑《たら》し込むくらいの手管はあって当然だろうしな」

「う、嘘《うそ》などでは……っ」

「淫売《いんばい》」

侮蔑《ぶべつ》の色に染まった翠玉色の瞳に、シャオは声を失った。

「――ッ！」

激しく卑しめる言葉を、はじめてシュタールから浴びせられたのだ。

胸が潰《つぶ》れるかと思うほどの衝撃に、もうどんないい訳をしたところで、シュタールが耳を傾けてくれないのだとようやく思い知る。

「亡くなったチンファ王には子がいないと聞いていたが、まさかその血を受け継いでいるかもしれぬ者が自ら男娼となり、間諜《かんちょう》の真似事《まねごと》とは……」

シュタールが冷笑をたたえ問い重ねる。

「チンファ王国再興のため……いや、あの男のために、俺からトニストニアの内情を聞き出そうと、わざと健気《けなげ》に振る舞っていたんだろう？」

「ち、違いますっ！　ぼ……くは決して……っ」

騙すつもりなどなかった――。

そう続けようとしたシャオの口を、下肢を弄《いじ》っていた大きな手が塞《ふさ》いだ。

「……んっ！」

その刹那《せつな》、シュタールが別の感情を垣間見せた。

憎悪と憤怒《ふんぬ》にまみれた瞳の奥に、隠し切れない悲哀の影が浮かんでいる。

シャオの大好きな翠玉色の瞳が、哀しげに揺れていたのだ。

――シュタール様？

「お互い様か……。お前はチンファ王国のため、俺はトニストニアのため、互いに情報を得んとしていたのだからな」

それは幻かと錯覚するくらい、ほんの一瞬のことだった。

「はじめて登楼した日、お前があまりにも噂と違っていて――」

眉を寄せて苦笑を浮かべ、シュタールが自嘲的に吐き捨てる。

「……油断した俺が馬鹿だった」

なにか言葉を返さなければ……と思うのに、大きな手に口を塞がれて、シャオは唇を小刻みに震わせただけ。

心ではどんなにシュタールを想っていても、騙すつもりがなかったとしても、真意はどうあれ、シュタールに明かせない秘密を抱《いだ》いていたことに変わりはない。

――でも……っ。

シュタールを想う、恋い焦がれる気持ちだけは、絶対に嘘なんかじゃない。

「シュ……タール様」

引き攣る喉を動かし、シュタールの掌《てのひら》の下から呼びかける。シャオはなんとしてでも、偽りのない想いだけは伝えたかった。

なのに……。

「そんなふうに媚《こ》びた声と表情で、ほかのトニストニア兵や役人からも、情報を聞き出していたんだな」

シュタールが再び殺気をまとい、怨嗟《えんさ》の声に続けてシャオの衣装を引き裂く。

「────ッ！」

キラキラと朝日を反射して輝きながら、衣装を飾っていた宝石があたりへ飛び散った。

派手にベッドを軋ませて、シュタールが獣のような荒々しさでシャオの象牙《ぞうげ》色の肌を眼下に晒《さら》そうと手を動かす。

「考えてみれば、あれほど通っておいて、お前の裸身を見るのははじめてだな。アルス・アルータよ」

「……うぅ」

赤ん坊のごとく身体を丸めて震えるシャオを見下ろして、シュタールが冷たく言い放つ。もう名前を呼んでもくれない。

「藍鉄色の髪に、染みひとつない肌……。なるほど、これでその黒真珠がごとき瞳から涙を流し悦《よ》がり、咽《むせ》び泣く様が見られるなら、馬鹿みたいに高額な花代も頷《うなず》ける」

シャオが恋したシュタールの言葉とは思えなかった。

いいや、思いたくなかった。

もう何度も数多《あまた》の男に抱かれ、奪われ、犯されてきたというのに、今この瞬間ほど死んでしまいたいと願ったことはない。

羞恥は、ほとんど感じなかった。

けれど——哀絶、悲嘆、失意、寂寞《せきばく》、虚無、恐怖、憂苦、不安、疑念といった、ありとあらゆる負の感情だけが、シャオの頼りない身体を満たしていく。

「あの男に伝えろ」

シュタールがシャツの前だけをはだけ、子鹿のように震えるシャオに覆いかぶさってきた。

「お前たちが故国再興の象徴とする青い髪の御子は、トニストニア第三王子ヘンドラッドが夜明けから日が沈むまで、たっぷりと愛《め》でてやったと——」

それは、シャオには死の宣告に聞こえた。

「……や」

ベッドの上から這《は》って逃げることも叶《かな》わず、シャオはあっさりとシュタールの腕に捕らえられ、丸く小振りな尻《しり》を抱えられてしまう。

「香油を塗りつけるそうだが、アルス・アルータともなれば夜ごと男を咥《くわ》え込んでいるのだろうから、必要はあるまい？」

波打つシーツに縋《すが》りつき、シャオは肩越しに振り返った。

「い、いえ……いいえっ……」

涙に濡《ぬ》れた双眸でシュタールを見つめ、それだけいうのが精一杯。

「黙れ……っ」

叱責《しっせき》の声とともに、灼《や》けた鈍器のようなものが尻の谷間に押し当てられた。

「……ヒィッ」

愛撫《あいぶ》も、前戯もない。

ただ、犯される。

惨めな悲鳴だけはあげまいと、シャオはシーツを噛んで懸命に耐えた。

けれど、涙が溢れて止まらない。

まるでシュタールへの想いがそのまま流れ落ちるように、ギュッと閉じた眦《まなじり》から涙が滾々と溢れてはシーツに染み込んでいく。

「敵国の王子に犯される気分はどうだ？」

嘲《あざけ》るシュタールの声も辛そうだった。香油も塗らず、狭い秘部を解《ほぐ》しもしない交合は、互いに苦痛しか与えない。

「ンッ……ぅ、うぅ……っ」

シュタールへの恋情がうち砕かれる。

夢のような穏やかな日々が、お伽話だったのだと、真実を突きつけられる。

シュタールを騙していたのだから……当然の報いだと思った。

それに、自分はもともと男娼だ。

客に犯されても文句はいえない。

帝都キトラ随一といわれる高額な花代を支払い、シャオを買った彼にはその権利がある。

シャオはただひたすら涙を流しながら、性行為の苦痛に耐えた。

いつしか太陽はすっかり東の空から南へ昇り、少しずつ西へと傾きはじめていた。

シュタールは数度の休憩を挟みつつ、宣言どおりに何度もシャオを抱き犯した。

食事も摂《と》らず、シャオにはときおり水を含ませ、自身は欲望だけを解き放つ。

「ひっ……あ、あっ……」

回数を重ねるごとにシュタールは無言になり、シャオは疲弊して身体を動かすこともできなくなっていった。抑え切れずに漏れる悲鳴さえ掠《かす》れてしまい、大好きなシュタールに抱かれているというのに、身体は微塵も反応しないままだった。

人形のようにされるがまま、屈強な腕に抱かれ、憎悪にいきり立つ性器で穿《うが》たれるだけ

――。


そうして、何度目かも分からないほど、シュタールの精をか細い身体で受けとめたあと、シャオはようやく嵐《あらし》のような行為から解放された。

「お前に会いに通い詰めたシュタールという男は、もうこの世にはいない」

息も絶え絶えにベッドに横たわるシャオに背を向けて、シュタールが冷め切った声で告げる。

「せめて俺が……ただの兵士であったなら、違った出会いができたかもしれないな」

意識が朦朧《もうろう》となっているシャオの耳に、その声は寂しげに震えて聞こえた。

泣き腫らした瞼《まぶた》を開き、シャオは愛しい人の背中を見つめる。

けれど、まるで薄絹のショールで目の前を覆われてしまったみたいに、シャオの瞳はシュタールの姿をしっかりと捉えることができない。

やがて、静かに扉が閉じる音が聞こえた。

「……タァ……ルさま?」

霞《かす》んでいく意識のもと、シャオは恋しい人の名を呼ぶ。

チチチ、ルル、ルルル……。

けれど、ランが寂しそうに歌う声が聞こえるだけで、呼びかけに応える声はいつまで経ってもシャオの耳に届かない。

それきり男娼館ジュゲールの高楼にシュタールが現れることは二度となかった。


「シャオ様」

嫌みのない甘い香りが、シャオの私室に漂い広がる。白い陶器の茶器に花の香を移した茶を注いで、ロイエが困り顔で立ち尽くしていた。

「お願いですから、せめてお茶かお水だけでも口にしてください。ダニロ様もさすがに心配されています」

シュタールに乱暴に犯されてから、数日が経っていた。

「ごめんね、ロイエ」

「ボクに謝るよりも、はやく元気になってください。シャオ様の寂しそうなお顔を見ていると、ボクも哀しくなってしまうんですから」

まるで獣の交尾を思わせる激しい性行為を繰り返されて、シャオの身体は客をとれない状態だった。

娼館主のダニロは利益至上主義の冷たい男だったが、決して男娼たちを粗末に扱うことはなく、今回もシャオの傷が癒《い》えるまでは充分な休息をとらせるといってくれている。

『シュタール様が……花代を多めに置いていったからですよ』

あの日、様式にのっとってシュタールを見送ったロイエが、珍しくムッとした顔で教えてくれたのだ。

「でも、あのお優しいシュタール様がどうしてこんな、ひどいことを――」

シャオのベッドの脇に置かれた小さなテーブルにお茶を置いて、ロイエが首を傾《かし》げる。

「ロイエ、悪いけどひとりにしてくれないかな」

シャオはベッドの中で寝返りをうつと、ロイエに背を向けていった。今、シュタールの話をされたら、きっと泣いてしまうと思ったからだ。

「す、すみません……ボク、気がつかなくて……っ」

アルス・アルータであるシャオに叱《しか》られたと思ったのか、ロイエが慌てて謝罪する。

「ううん、謝らなくてはならないのはわたしの方だから……。お茶はちゃんと戴《いただ》くから……呼び鈴を鳴らすまでは、どうかひとりにして――」

ロイエを責めるつもりはなかったけれど、どうしても口調がきつくなってしまう。

「分かりました……失礼します」

ロイエが深々とお辞儀をする気配に続いて、扉が閉じる音が二度続く。

そうしてシャオの私室に静寂が訪れた。

帝都キトラの賑《にぎ》わいも、高楼の窓を閉め切ってしまうとほとんど届かない。ときどき、空を往く鳥のさえずりがかすかに聞こえてくるだけだ。

シャオの身体を気遣ってか、ランもおとなしく止まり木にとまって、シャオの様子を見守っている。

「……痛っ」

そろりと身体を起こすと、腰の奥で鈍痛が響く。

シュタールに何度も貫かれた秘部は少しずつ癒えてきているが、娼館の医者によるとひどい擦過傷になっているということだった。ほかにも強く摑まれた部分はまだ青痣《あおあざ》が残っている。

あんなに何度も、何度も抱かれたのに――。

あの日シャオは、シュタールの体温も息遣いも、なにひとつ感じないまま意識を手放してしまった。

生まれてはじめて……男娼に身を堕《お》としてはじめて、心から恋した人に抱かれたというのに、その喜びも幸福も実感できないまま、ただ痛みだけが身体に刻まれた。

どんなに記憶を手繰り寄せても、シュタールが険しく苦しげな表情で一心不乱にシャオを犯す姿だけが脳裏に浮かぶ。

「……ン」

シャオは全身に残る倦怠《けんたい》感を堪えながら、ベッドの下に隠した小さな木箱に手を伸ばした。

ルル……、チチチッ。

ランが鳥籠の中から心配するようにさえずる。

この男娼館ジュゲールに売られてから、辛いことや哀しいことがあるたびに、シャオはランを手や肩にのせてこっそりと木箱から母の形見の革袋を手にとり、懐かしい故郷へ思いを馳《は》せていた。

しかし、シュタールが登楼するようになってからは、すっかりこの革袋を手にして涙することがなくなっていた。

たとえひどい客に抱かれても、シュタールの優しい笑顔や大きくて逞《たくま》しい掌、そして膝の上に抱かれて過ごした時間を思い返せば、辛いことなどすぐに忘れてしまえたからだ。

シャオは焦げ痕《あと》の残る小さな革袋を両手で包み込むと、窓の外へ目を向けた。

シュタールに一日中抱き犯された翌日から、毎日こうやって革袋を手にして空を眺めている。

『命に代えても守りたいと思ったものができたときだけ、開けて中を見るのよ』

——母さん。

シャオはまだ、この革袋を開けたことが一度もない。母の最期のいいつけを、しっかりと守っているからだ。

ただ、辛いことがあったときだけ、こうして手にして縋るような想いで心を落ち着けてきた。

「命に代えても……？」

独り言を呟《つぶや》いて、シャオは窓の外に広がる真っ青な空を見つめる。

もしかしたら、青みがかった銀色の鱗《うろこ》を持つ大きな竜が、遠くの空を駆けていくかも――と思ってしまう。

あれほど手ひどい仕打ちを受けたのに、今もまだ、シュタールのことを恋い慕わずにいられない。

シャオを犯す直前、ほんの一瞬だけ垣間見せたシュタールの表情が、彼への恋情を以前よりいっそう強くしていた。

怒りに冷え切った翠玉色の瞳の奥で、確かに揺れていた哀しげな光――。

シャオは自分がシュタールを傷つけたのだと、翌朝になって気づいたのだった。

「大切な人を傷つけてしまった僕に、あの人を守りたいと願う資格なんかない……っ」

革袋を握りしめ、シャオは涙で睫毛《まつげ》を濡らした。

毎日、朝も昼も夜も、眠っている夢の中ですら、シュタールのことを考え、想わないときはない。

しかし、シュタールは違う。

あの人はこの国の王子で……僕を、ただの男娼……いや、チンファの残党の間諜としか思っていない。

たとえ、少しは好意を持っていてくれたのだとしても、それはトニストニア帝国第三王子の一時の戯れに過ぎない。

シュタールが、好きだ。

澄んだ青空を見上げて、シャオは手を合わせるようにして革袋を包み込んだ。

この想いは、叶わなくたって構わない。

ただ密《ひそ》かに恋い慕う心だけは、誰にも踏みにじらせたりはしない。

あの人の身に災いが降りかかるようなことがあったら、そのときはきっと……この革袋を開けよう――。

揺るぎない恋情を胸に、シャオはシュタールを想い続けると固く誓ったのだった。

「そのためにも……ちゃんと、生きていなきゃいけない」

傷ついた心がそう簡単に癒えないことは、シャオは身をもって経験している。

けれど、ほんの少しでも希望を持って前を向けば、必ず心の傷もいつか癒えることも、シュタールに恋をして知ったのだ。

シャオは革袋をそっと木箱にしまってベッドの下へ隠すと、すっかり冷めてしまったお茶で喉を潤し、呼び鈴を手にした。

ルルル、ルルル……。

ランがシャオを励ますように明るく元気に歌を奏でる。

「ごめんよ、ラン。もう大丈夫だから」

鳥籠の中で歌い、踊るランを見つめ、呼び鈴を鳴らした。

すると、まるで扉の向こうで待ち構えていたのかと思うほどの速さで、ロイエが満面に笑みを浮かべてシャオの前に跪《ひざまず》いた。

「お呼びですか、アルス・アルータ……シャオ様」

「心配をかけて、本当にすまなかったね。もう大丈夫だから」

シャオは粥《かゆ》と新しいお茶を運んでくるように頼んだ。そして運ばれてきた粥をすべて食べ終え食器を下げさせると、ロイエに湯浴みの支度をして戻ってくるようにいった。

「ロイエ、あれからドージェからの連絡は全然ないの？」

客間の扉に鍵《かぎ》をかけさせると、シャオは湯浴みなどどうでもいいとばかりにロイエに訊《たず》ねた。まるでかくれんぼをするようにベッドの陰に二人で身を隠し、声を潜める。

「はい。何度か市場や運河の船着き場で、連絡係の人に会ってはいるのですが、ドージェ様はあの日ここを出られてから連絡が途絶えているみたいで……」

「そんな……」

この数日の間、ドージェがどうなったかを考えもしなかった薄情な自分に腹が立つ。

「でもシャオ様。ドージェ様が捕らえられたという噂も聞きませんし、連絡係の人もとくに周囲で変わった様子はないとおっしゃっていました」

「ほ……本当にっ？」

思わずシャオは大きな声をあげてしまった。

「しぃーっ！　シャオ様、声が大きすぎます」

ロイエに窘《たしな》められて、シャオは思わず両手で口許を覆った。

「ご、ごめん……」

ロイエと二人きりで話していると、ついアルス・アルータとしてではなく、ただのシャオの部分が出てしまう。

「あの、シャオ様。ボク、ちょっと考えてみたんですけどね」

ロイエが肩をくっつけるようにして、シャオに耳打ちしてきた。

「シュタール様は、シャオ様やドージェ様がトニストニアへの叛乱《はんらん》とチンファ王国の再興を計画しているって知っているわけじゃないですか」

「……うん」

シャオはそっと手を口許から離して頷く。するとロイエがさらに身を寄せてきた。

「だったら今頃、トニストニア兵たちはドージェ様を捕らえるのに躍起になっているだろうし、ここにだってシャオ様を捕らえにシュタール様かキトラの衛兵がやってくるはずですよね？」

ロイエがかわいらしく首を傾げて同意を求める。

「そういえば、そう……だね」

いわれてはじめて、気づく。

あれからもう数日が経っているのに、チンファ王の遺児かもしれないばかりか、暴動の首謀者であるドージェと繋《つな》がっていたシャオを捕らえに、兵士がジュゲールにやってくる気配が微塵もない。

ロイエがキトラの街で連絡係の男と今までどおりに会えている点にしたって、おかしいと考えない方が間違っている。

「……どうして？　シュタール様は……なにもかもご存じのはずなのに――？」

困惑を隠せないシャオに、ロイエが無邪気に笑顔でいった。

「もしかしたら、シュタール様……。シャオ様たちを見逃してくださるおつもりなんじゃないですか？」

「そんな……」

まさかと思うが、娼館主のダニロの態度も今までと変わっていない。もしシャオがチンファ王の遺児かもしれないと知れば、ダニロはそれこそ今の倍以上の花代をシャオにつけるに違いない。それか、トニストニアの兵士に密告し、直接金を手に入れるだろう。

「きっと今頃、シャオ様にひどいことをしたと後悔されているんですよ。だって……確かにシュタール様は憎らしいトニストニアの王子ですが、とてもお優しい方だったじゃないですか」

ドージェの暴動の手助けをしながらも、ロイエはすっかりシュタールの人柄に惹《ひ》かれていたのだろう。シャオを乱暴に抱いたあとこそ怒っていたが、今はなにか事情があったのではないかと思っている様子だった。

「シャオ様、実はボク、ずっと思ってたんです。シュタール様は本当は戦なんかしたくないんじゃないかって……」

「どう……して？」

シャオは驚きつつロイエに問い返す。

チンファ地域やほかの辺境地域での暴動の制圧に駆り出され、疲れ果てて戻ってきたシュタールが珍しく零《こぼ》した愚痴やそのときの様子は今も鮮明に覚えている。

するとロイエがはにかみながら答えた。

「ボク、トニストニアという国は嫌いだし、竜も恐い。でもシュタール様は……どんなに敵だって思い込もうとしても、できなかったんです……」

シャオと同じく故郷と家族を奪った敵であるはずのシュタールを、ロイエは今も信じているのだ。

「ロイエ……」

そばかすの浮いた笑顔に、シャオもつられて微笑んだ。

脳裏には、これまで重ねてきたシュタールとの穏やかで静かな時間の記憶が浮かんでは消えていく。

シュタール様、あなたはなにを考えていらっしゃるのですか――？

「さあ、シャオ様。いつまでも沈んだお顔をされていては、もしシュタール様が登楼なさったときに心配されますよ。ほら、笑ってください」

自分よりも五つも年下のロイエに励まされて、シャオは胸を熱くする。鼻の奥がツンとして涙がじわりと滲《にじ》んだ。

「ボクはそろそろ下へ戻ります。どうかゆっくり休んでくださいね」

「ありがとう、ロイエ」

辛うじて笑顔でロイエを見送ると、シャオはそのままベッドへ突っ伏した。

「……シュタール様っ」

信じたい。

恋情は強く、この胸にある。

でも、分からない……。

怒りをそのままぶつけるような激しい行為に傷ついたのは、身体ではなく心の方だ。

恋心を打ち明けることも許されないまま、シュタールに犯された。

あれは罰だったのだとどんなに割り切ろうと思っても、やはり思い出すと辛くなってしまう――。

自分を膝に抱いて語り合ったときの、あの優しさは本当に偽りだったのだろうか？　獣のようにこの身を蹂躙《じゅうりん》したときに垣間見せた瞳の色は、いったいどんな心を表していたのだろう？

シュタールへの恋情だけは手放さないと誓ったばかりなのに、つい後ろ向きな考えが脳裏を過《よぎ》る。

『シャオ、いつかお前をアロイスの背に乗せて、空を飛んでみたいものだな』

竜の話をしてくれた横顔を思い出すと、ツキンと胸が痛んだ。

会いたくて堪らない。

想いが募り、涙が止めどなく溢れ出す。

『せめて俺が……ただの兵士であったなら、違った出会いができたかもしれないな』

脳裏にシュタールの最後の言葉が浮かぶ。

シャオも同じ気持ちだった。

「青い髪なんて……いらないっ」

こんな髪の色をしていなければ、チンファ王国の人間でなかったら、もしかしたら違った出会い方ができたかもしれない――。

「敵だとか……そんなの、もう……どうだっていいっ」

故郷と母、多くを失った哀しみは大きい。

けれど、シュタールも戦いながら苦悩していた。

『俺はもう……戦のために空を飛びたくはない』

透けるような翠玉色の瞳に、涙が滲んでいた。

あんなに強くて、凛々しい人が、弱音を吐いたのだ。

恨んだりなど、できるはずがない。

「戦なんか……起こらなければよかったんだ――」

シーツに涙を染み込ませながら、シャオはただひとつ、すべての始まりである『戦』を恨んだ。


もう二度と戦なんて、繰り返してほしくない――。

シャオの願いを嘲笑《あざわら》うかのように、再びチンファ地域を中心に小規模な暴動が頻発するようになったのは、それから十日ほどが過ぎてからだった。

「ドージェがチンファに戻っているのかな」

娼館の買い出しから戻ってきたロイエから、話を聞かされたシャオは不安で仕方がない。

「それが、連絡係の人がしばらくの間はドージェ様の動向は教えられないって……」

ドージェとはあの日からまったく連絡がとれなくなってしまった。何度もロイエを通じて手紙を託すのだが、それが本人に届いているのかさえ分からない。

「以前はトニストニアの辺境地域のあちこちで暴動が起こっていたのに、今はチンファ地域周辺に集中しているからなのか、連絡係の人やほかの仲間の人たちが……噂しているんですよ」

「噂……？」

シャオはすっかり身体も癒えて、再びジュゲールのアルス・アルータとして客を待つ身となっていた。

しかし、チンファ地域で暴動が頻発するせいか、近頃はトニストニア兵が客として登楼する回数がめっきり減っている。シャオの青い髪と美貌《びぼう》を目当てにやってくるのは、もっぱら城の高官かキトラの大商人となっていた。

「ドージェ様が動向を限られた仲間にしか知らせていないことも、多分関係しているんだと思うんですけど……その、シャオ様が——」

ロイエがそこでいったん口を噤《つぐ》んで、キュッと唇を噛みしめた。上目遣いにシャオを見つめ、困った顔で様子を窺《うかが》う。

「ロイエ、大丈夫だから話を続けてくれないか」

シャオは穏やかに促した。

「シャオ様が……青い髪の御子が、とうとうチンファ王国再興のために、決起するんじゃないか……って」

「そんな噂が……？」

あまりに突拍子もない噂に、シャオは驚きを隠せない。

「帝都キトラでのシャオ様はアルス・アルータでしかないけれど、ドージェ様やチンファの人たちにとっては、もう本当の王様みたいな存在なんです。みんなシャオ様に迷惑がかかるのが分かっているから、決して軽々しく口にしません。けど、シャオ様がドージェ様とともに先頭に立ってくれたら、一夜でトニストニアなんかやっつけられるって、本気でそう信じているんですよ」

──青い髪の御子、だなんて……。

シャオは複雑な気持ちになる。

近頃、ロイエが外出するたびに持ち帰ってくる捧げものが、増えているのはそのためなのか。

「青い髪だなんて……そんな嘘を信じているだなんて」

シャオの呟きを、ロイエも難しい顔をして聞いている。

「ドージェが……わたしを勝手にチンファ王国再興の象徴に仕立て上げてしまったんだ

ね」

再会した日のことを思い出すと、自然と虚しさが胸に溢れた。

まっすぐで、チンファ王国のことを心から愛する青年の精悍な顔を脳裏に描く。

シャオはただ胸を痛めることしかできない自分の身を情けなく思った。

なにもできないのが、もどかしい。

本当に伝説の青い髪の王と同じ力があるのなら、一夜でくだらない噂を消し去ってしまえるのにと、浅はかな夢を想い描いてしまうのだった。

それから数日後の夜更けのことだった。

夜の闇《やみ》に暗く沈んだキトラの街に、高らかに鐘の音が響き渡った。

「……シャオ様っ」

扉を開ける前に声をかけることも忘れ、客を案内してきたロイエの表情を見た瞬間、シャオは二人の男——シュタールとドージェの顔を同時に思い浮かべた。

「久しぶりだな、シャオ」

果たして、ロイエの後ろからのそりと現れたのは、髪を黒く染め、見たことのない国の衣装を身に着けたドージェだった。

「……ドージェッ」

絨毯《じゅうたん》の床に座り込んだまま、シャオはドッと涙を溢れさせた。

もうひと月近くも行方知れずのまま、安否の知れなかった幼馴染みの無事を確認できて、全身の骨がなくなったかのように脱力して床に崩れ落ちる。

「どこ……いってたん、だよ……っ！」

絨毯に膝をついて、ドージェがそっと泣きじゃくるシャオを抱きしめてくれる。

「心配かけたみたいだな。だが、お前が元気そうでよかった」

声だけは野太くて張りのある、いつものドージェのものだった。けれどその表情はとても疲れた様子で、顔のあちこちや手に傷痕がいくつも残っていた。

「こんなにいっぱい怪我《けが》して……っ、危ないことばっかりしてたんだろっ」

「チンファ王国再興のためだ。どんな危険がともなっても、オレはただ前に進むことしか考えていない」

ドージェが抱く揺るぎない想いの強さを再確認して、シャオは束《つか》の間の安堵《あんど》を手放す。

「どうしても……トニストニアと戦をするの？」

シャオは涙を手の甲で拭うと、ドージェの手をとり猫足のテーブルへ促した。そのままロイエに扉に鍵をかけさせ部屋に残るよう目で告げる。

「悪いがゆっくりしていられない。あの……シュタールという男、トニストニアの第三王子だったそうだな。……知っていたのか？」

グラスに注ぐそばから一気に葡萄酒を呷《あお》るドージェに、シャオは無言で首を振った。

「まあ、シュタールなんて名前、この国じゃ石投げりゃ当たるくらいにありふれた名前だからな。……仕方がない」

そういって、ドージェはグラスをシャオに差し出した。どうやらひどく気が昂っているらしい。

シャオはすぐに空になったグラスを葡萄酒で満たした。

「それにしても、いったいどこでなにをしていたんだよ。連絡係の人に手紙を何通も託したのに、返事も寄越さないで……僕やロイエがどんなに心配したと思ってるんだ」

ジュゲールのアルス・アルータではなく、ただのシャオの口調に戻って一気に捲し立てる。

「手紙はちゃんと受けとっていたぞ。ただ、ある国との密約を成すために動きまわっていたから、返事をしている余裕がなかったんだ」

再び一気にグラスを空にして、ドージェがニヤリと笑った。

「密……約？　ある国って……」

シャオの胸にいやな予感が過った。

だがドージェは自信と希望に満ち溢れた表情で、シャオを見つめ打ち明ける。

「喜べ、シャオ。南の大国ゲードラウドが我々に加勢してくれる密約が成った」

どんなに間近で見ても、ドージェの黒髪に慣れない。

それと同じくらい、今聞かされた南の大国ゲードラウドとの密約——という言葉が、シャオにはピンとこなかった。

高楼に閉じ込められ、世間知らずのまま育ったシャオでも、トニストニアの南に位置する大国のことは知っている。

ゲードラウドはトニストニアと国境を有する高山地帯の南にある大国で、遙《はる》か昔から火器の発明の最先端を走ってきた軍事大国だ。トニストニアよりもはやく製鉄技術を手に入れ、大砲や銃などを量産してきた。そしてその軍事力にものをいわせ、周囲の国を統一してきたのだ。

いってみれば竜のいないトニストニアのような国だが、ゲードラウドには軍事国家としての長い歴史がある。

二国は古くから敵対してはいたものの、国の境に渡り鳥でさえ越えられない高山地帯があったため、これまで小競り合い程度の戦しかしてこなかった。

「ドージェは……まさか、あの山の向こうの南の国に……？」

信じられない気持ちで訊ねると、ドージェが瞳を輝かせて大きく頷いた。

「ゲードラウドの兵力や火器の噂はお前も聞いたことがあるだろう？」

「……うん」

指先が冷たくなっていくのを感じながら、シャオは小さく応えた。トニストニアも竜の能力だけを武器としているわけではない。銃もあれば大砲だって持っている。けれど、ゲードラウドの火器の威力は、噂に聞いただけでもトニストニアのものとは比べものにならないくらい強力なものらしい。

「ゲードラウドがトニストニアを倒し、オレたちが祖国を取り戻す闘いに力を貸してくれると約束してくれた。これがその——密約の書だ」

ドージェが胸の内側から取り出した巻紙を開き、シャオとロイエに見せてくれる。見たことのない文字と、チンファの文字、そしてトニストニア語の三種の文字で書かれた密約の書には、確かにドージェが話したとおりのことが書かれてあった。

「そう何度もあの山を越えることはできないからな。もう細かな作戦も練ってきた。あとは実行するのみだ」

「え、そ……そんなに、急に?」

驚きに目を瞠るシャオとロイエに、ドージェがかすかに声を潜めていった。

「急がないと仕方がない。トニストニアの第三王子にお前やオレのことが知られてしまったんだ。どうやらオレたちを遊ばせておいて、ここぞ、というときに一網打尽にでもするつもりのようだが……」

ドージェは自分に追っ手がかからないことや、シャオやロイエが無事でいる意味を、そう理解しているようだった。

「トニストニア側にはまだ密約の情報は漏れていない。だからこそ、急ぐ必要がある」

ドージェは密約の書を手早く胸許にしまい込むと、再びグラスの葡萄酒を呷った。

「いよいよトニストニアを倒し、チンファァ王国を……オレたちの祖国を取り戻すときがきたんだ」

わずかに頬を紅潮させて、ドージェが感慨深げに目を細める。

「でも、いったいどうやって……？」

ロイエが控え目に質問を投げかけると、ドージェが分厚い手で栗色の巻毛をクシャクシャと掻き乱した。そして「絶対に口外するなよ」と口止めをして話しはじめる。

「辺境に散っている仲間たちと連携して、トニストニアの主立った都市へ一斉攻撃を仕掛ける。今チンファァの周囲で起こさせている暴動は揺動だ。南側からトニストニアの目をそらし、ゲードラウドから武器を各都市へ移動させているんだ」

意気揚々と計画を明かすドージェに、シャオは頼もしさよりも不安を覚えた。

「……そう、なんだ」

竜よりも恐ろしい武器を持つ国と、協力して――？

それはきっと五年前の戦で目にした光景よりも、もっとひどい惨状をこの地に描くのではないか？

そう思うと、シャオはどんどん恐ろしくなった。

「トニストニアに……あのシュタールの野郎に、目にもの見せてやる――っ」

ドージェが気炎をあげる。

「……っ！」

一瞬、シャオは手にした葡萄酒の瓶を取り落としそうになった。

シュタールの名を聞いただけで、こんなに容易く動揺してしまうなんて……。

それでも、もう随分と顔を見ていない恋しい人のことを想わずにいられない。

ドージェのいうような作戦が実行されれば、シュタールはきっとアロイスに乗って戦場へと赴かなくてはならないだろう。

竜よりも強力だといわれるゲードラウドの火器を前に、彼はきっと誰よりも勇敢に戦うに違いない。

『竜を戦に駆り出さず、他国を脅かすことなく共存できるような……そんな国にしたいと思うんだ』

シャオは思い出す。珍しく酒に酔い、戦いたくないと漏らしたシュタールの苦悶《くもん》の表情を――。

トニストニア各都市にはすでに密偵や少数精鋭のドージェの仲間たちが潜入していて、

同日同時刻に一斉に攻撃をかけるという。

そして帝都キトラの攻撃には、ゲードラウド最新式の大砲が使用されるらしい。

「いいか、シャオ」

酔っているのだろう。ドージェが乱暴にシャオの肩を抱き寄せていった。

「総攻撃が始まる前に、お前をここから脱出させる。次の新月の夜——七日後が決行の日だ。オレの仲間がお前を迎えにくる。ロイエにも手伝ってもらう手はずだ」

ロイエが緊張の面持ちでシャオと目を合わせコクリと頷く。

「だ、脱出……？　でも、どうやって？」

シャオが閉じ込められている高楼の部屋は、昇降用の階段こそ二つあるが出入口はひとつしかない。娼館の本館から石造りの細い回廊を渡り、そうして狭くて暗い螺旋《らせん》階段を上って、ようやくアルス・アルータの部屋の前にたどり着けるのだ。

客を迎え入れる部屋にはシャオの髪を美しく透かし輝かせるため、天窓のほかに採光用に大きな窓が四方に設えてあった。だが、どれも細かな紋様を描く鉄柵《てっさく》で囲われている。もっとも大きな天窓には鉄細工の柵はなかったが、梯子《はしご》でもない限りとてもではないが手が届く高さではない。

私室の窓にいたっては子供がやっとくぐれるかという小窓があるだけで、脱出にはどう考えても使えそうになかった。

「実は先月から、チンファ出身の仲間が下男としてこの娼館で働いている。ソイツとロイエ……そして外の仲間とで、必ずお前をこんなところから助け出してやるから」

「……っ」

高楼から出られる――。

シャオは正直、夢のような話だと思った。

けれど、自分がここから脱出したと同時に、この帝都キトラが恐ろしい大砲で攻撃されるのだ。

そう思うと、素直に喜べなかった。

「無事に脱出したらロイエたちと安全な場所で身を隠す段取りができている。必ず勝利を手にしてお前を迎えにいくからな」

不安と恐怖に唇を戦慄かせるシャオの髪を、ドージェがまるで宝物でも扱うかのようにそっと触れる。

「ここから出て、トニストニアを倒せば、お前もこんな仕事をしなくてよくなる。オレといっしょに故郷に帰って、チンファ王国を再興するんだ」

手にしたシャオの髪に、ドージェがおずおずと口づけた。

「オレたちのために、新しいチンファの王となってくれ――」

「……ッ！」

その瞬間、シャオは激しく身震いした。

気づけばロイエが床に跪き、頭を垂れている。

新しい王だなんて、自分はなにもしていない。

ただ髪の色が人と違っているだけで、ドージェやロイエに跪かれるような人間ではないのに……。

「やめてくれよ、ドージェ。ロイエも……頼むから、僕にそんなふうにしないで」

シャオは激しく困惑していた。

自分が思っている以上に、事態が大きく動きはじめていることにようやく気づく。

シャオが自覚していようがいまいが、もうドージェたちは自分を王だと決めつけているのだ。

そして、チンファ王国を再興するために南の大国と手を結び、本気でトーニストニア帝国を倒そうとしている。

「お願いだから……もう、頭を上げて――」

涙声で告げると、ようやく二人が顔を上げた。

「じゃあ、シャオ。次に会うのは新月の夜だ」

「ドージェ、頼むから……危険なことはしないって約束してくれよ。僕は……もう大切な人を失いたくないんだ。だから、ドージェ……っ」

立ち上がって帰ろうとするドージェの腕に縋りつき、シャオは戦の馬鹿馬鹿しさを、傷つけ合うことの虚しさを訴えようとした。

「そんなに心配しなくても大丈夫だ、シャオ。オレたちにはゲードラウドの新式大砲がある。お前のことだってしっかり守れるように、腕の立つ者ばかりを選んでおいた」

ドージェが昔のようにシャオの髪をくしゃりと掻き乱す。

「違う……違うんだ、ドージェッ」

「なにも違わない、シャオ。オレたちは、やっと祖国を取り戻し、自由になる」

総攻撃への高揚感と葡萄酒の酔いのせいか、ドージェはすっかり興奮した様子で話をまともに聞いてくれない。

「それまではどうか、今までと変わらぬ態度で暮らしていてくれ。なにかあればロイエに……いいな?」

ドージェはそういい残すと、慌ただしく身支度を整えて部屋を出ていった。

「待ってよ、ドージェッ!」

「シャオ様、騒がれては……怪しまれます」

追い縋ろうとしたシャオの目の前で、ロイエが申し訳なさそうにお辞儀をして扉を閉める。どんなにシュタールを信じていても、ロイエもやはりトニストニアが憎いのだろう。

『次の新月の夜――七日後が決行の日だ』

恐ろしいことが起ころうとしている。

「……どうしよう」

シャオはずるずると扉の前に崩れ落ちた。

ドージェの自信と希望に満ちた表情が、やけに不安に思えて仕方がない。

そして、脳裏にはシュタールの哀しげな横顔が浮かんでいた。

なんとかして、七日後の一斉攻撃を止めなくてはならない。

そうしなければ、多くの街が破壊され、数え切れないほどの人々が命を落とすことになるだろう。

『トニストニア側にはまだ密約の情報は漏れていない』

ドージェの言葉を思い出す。

今ならまだ、間に合うかもしれない。

ゲードラウドから各都市へ武器を移動させている最中なら、それを阻止すればいい――。

「シュタール様……っ」

シャオは静かに立ち上がると、急いで私室へ向かった。

『命に代えても守りたいと思ったものができたときだけ、開けて中を見るのよ』

母の言葉を思い出しながら、ベッドの下に手を伸ばし、木箱を捜す。

「今こそ……あの中を――」

そのときだった。

「シャオ様?」

部屋の扉がノックされ、ロイエが顔を覗《のぞ》かせた。

「あ、ロイエ……ッ」

シャオは慌てて手を引っ込めて振り返ると、引き攣った笑みを浮かべた。

「どう……したの? ドージェの見送りは……もう?」

冷汗が額を伝う。慌てて立ち上がり、私室から表の部屋へ出た。

「ドージェ様から、なるべくシャオ様のそばにいるようにといわれて――」

シャオはがっくりと肩を落とした。ドージェにはシャオがシュタールにどうにかして連絡をとろうとすることが分かっていたのだ。

「見張っていろと、いわれたんだね」

シャオが訊ねると、ロイエが大粒の涙を両目に浮かべる。

「ごめんなさい、シャオ様。でも……ボクは、やっぱり……トニストニアは嫌いですっ」

まだ幼いロイエにとって、父や母、兄弟を奪われた憎しみや、男娼となるべく売られた哀しみは、そう簡単に癒せたり昇華できるものではないのだろう。

「ロイエが謝ることじゃない。誰も……悪くなんかないいんだ」

シャオはロイエをそっと抱きしめた。

「ごめんなさい、シャオ様。きっと……シュタール様のことが心配なんだって、分かってるんです……でもっ……でも」

泣きじゃくるロイエの気持ちは、シャオにも痛いくらいに理解できる。だから、余計に何も言えなかった。

【五】

「……はぁ」

天窓を見上げ、シャオは今日何度目か分からない溜息をついた。

ここ数日、シャオはほとんど客をとっていない。

きたる日に備えて、ロイエが娼館主ダニロに「アルス・アルータは体調がよくない。咳《せき》が続いている」と伝えたせいだ。

ドージェから帝都キトラをはじめとするトニストニア各都市への一斉攻撃の作戦を知らされて、すでに六日が過ぎていた。

天窓越しに眺める月はいよいよ細くなり、まるで金の糸のようだ。

――シュタール様の髪みたいだな。

そう思って、シャオは苦笑を浮かべた。

なんとかしてシュタールにドージェたちの無謀な作戦を知らせたいと思いながらも、とうとう前日の夜までなにもできないまま、無駄に日々を過ごしてしまった。

トニストニア兵や役人でも登楼してくれれば、寝物語に吹き込むこともできただろうが、ロイエの気遣いのためにそれもできなかった。

四六時中というわけではないけれど、ロイエはドージェのいいつけを守り、アルス・アルータの看病という名目でほとんどの時間をシャオの部屋で過ごす。

「あの、シャオ様。明日に備えて、持ち出したいものはきちんとまとめておいてくださいね。あ、でも、たくさんはダメですよ」

いよいよ明日——という緊張感からか、ロイエもどことなくソワソワしているようだ。

「大丈夫だよ。もとはこの身体ひとつで売られてきたんだから、持っていくものなんてほとんどないし」

シャオはそういって微笑んだ。アルス・アルータとして着飾るために与えられた宝石も衣装も、貢ぎ物の数々も正直興味はない。

母の形見である革袋さえ持っていければ、シャオはそれで充分だった。

その革袋も、今は木箱からとり出して、ロイエに内緒で革紐《かわひも》で首から下げている。これでなにがあっても肌身離さずに母といっしょにいられると思った。

「あ」

扉の外から響く呼び鈴の音に、ロイエがハッとして立ち上がる。顔を覗かせたのは、例のドージェが潜り込ませた下男だった。

「失礼します、シャオ様」

下男――といっても、年はドージェとそう変わらない青年だ。シャオの顔をひと目見ると喜色を浮かべ、そしてハッとした様子で慌てて目をそらす。

彼にしてみれば、シャオは男娼のアルス・アルータではなく、チンファ王なのだろう。顔を見るだけでも畏《おそ》れ多いなどと思っているに違いなかった。

「シャオ様、急で申し訳ないのですが、ドージェ様から連絡があって至急、連絡係の者のところへいかなくてはならなくなったんです」

下男に耳打ちされたロイエが少し困った様子で告げるのに、シャオはにっこりと微笑んでやった。

「心配しなくても、いよいよ明日という夜になっては、わたしも覚悟を決めるほかはないのだから……。ロイエこそ夜道は暗くて危険だから、気をつけていってらっしゃい」

決行の日を明日に控え、最終的な打ち合わせでもするのだろうとシャオは思った。

「急いで用を済ませて戻ってきますからね」

ロイエがそういい残して、下男とともに部屋を出ていく。直後、扉の外から鍵がかけられる音がして、シャオは苦笑した。

「逃げられるはずなんか、ないのにな……」

アルス・アルータだとか、青い髪の御子だとか、みんな勝手にシャオを特別扱いするけれど、結局はお飾りの人形扱いに変わりない。

誰も自分を……ただのシャオとして見てくれないのだ。

──あの人も、そうだったのだろうか？

憂鬱《ゆううつ》な気分に天窓を見上げると、糸のように細い月はいつの間にか天窓の端の方へ移動してしまっていた。

やがてこの月が沈み、再び目に見えぬ新月となって空に昇る頃、いったいなにが起こるのかと思うとシャオはどうしようもない焦燥に襲われる。

五年前のチンファの戦よりも、もっとひどい惨劇が起ころうとしているのが分かっていて、なにもできない自分が惨めで悔しくて仕方がない。

「……僕の髪が、本当に真っ青だったら……なにかできたのかな？」

ルルル、ルル……。

ランの寂しげな鳴き声が部屋に虚しく響く。

「できるわけ、ないか……」

月が天窓の枠の外へ消えそうになるのを眺めて呟いた、そのときだった。

「────ッ？」

一瞬、大きな影が天窓を覆い尽くしたかと思うと、すぐに東の方向へ消え去った。

まさか……。

全身が総毛立つ。

シャオは天窓を見上げたまま、急いで東の窓へ駆け寄った。そして急いで窓を開け放つと、鉄細工の柵の隙間《すきま》から夜空を見やった。

「銀の、竜……っ」

目を疑わずにいられなかった。

糸のように月が細いせいで、星がふだんよりいっそう輝いて見える夜空に、一頭の銀色の竜が、翼を大きく羽ばたかせて飛んでいたのだ。

「そ、んな……。嘘……だっ」

シャオは鉄柵の蔓草《つるくさ》をかたどった部分に指を絡め、必死に上空へ目を凝らす。

すると、銀色の竜がその巨体をしなやかにくねらせたかと思うと、空中で一回転してゆっくりと高楼の天窓の上へと降り立った。

シャオは慌てて部屋の中心へ戻り、祈るような想いで天窓を見上げた。

「ああ……っ」

左右の瞼を思い切り見開く。

同時に、どっと涙が溢れ、胸が張り裂けそうになった。

「シュタール様……っ」

大きな天窓のガラスの上に、夢に想い描き続けた美しく凛々しい姿を認め、シャオは息が詰まるかと思った。

「どうして……？」

突如、天空に現れたシュタールと銀の竜──アロイスの姿に、シャオは混乱と感動と……とにかく言葉にならない気持ちでいっぱいになった。

そんなシャオの頭上で、シュタールが銀色の竜になにかを囁く。

するとアロイスが牙《きば》の剥き出しになった大きな口を天窓の枠の部分に近づけた。次の瞬間、鉄枠の部分で小さな火花がいくつか散ったかと思うと、数分後にはアロイスが尖《とが》った爪《つめ》で窓枠をひとつ、きれいに外してしまった。

「すごい……」

知らず感嘆の声が零れる。

シュタールが窓枠を高楼の屋根へよけ、夜風に黄金色の髪をなびかせながら、天窓から身を乗り出す。そして、シャオの大好きな優しい微笑みを浮かべた。

「こんばんは、アルス・アルータ。こんなところからの登楼は無礼極まりないと、ロイエに叱られてしまうかな？」

シャオは夢でも見ているような気分だった。

「シュタール……様、いったい……どうして？」

夜の闇の中でも黄金色に輝くシュタールの髪と、横にピタリと従うアロイスの金色の瞳に見蕩《みと》れてしまう。トニストニア帝国の文様が刻まれた銀色の鎧《よろい》を身に着け、大きな竜を思うまま操る姿は、まさにトニストニア帝国の第三王子なればこそと思い知る。

シュタールから聞いていたとおり、彼の竜アロイスはシャオが見たことのあるどの竜よりも大きく、美しい鱗に覆われていた。誓約の証《あかし》という黄金の首輪と眩《まばゆ》いばかりの鋭い金色の瞳が、シュタールの髪と相まってまるでひとつの彫像のようだった。

「アロイス、ちょっと上で遊んでいろ」

そう短く告げると、シュタールがひらりと天窓から身を翻した。

「あ……っ！」

シャオは思わず悲鳴をあげる。

しかし次の瞬間、シャオは大きな胸に抱きしめられ、その口許を大きな掌に優しく覆われていた。

「お静かに願います、アルス・アルータ」

翠玉色の瞳が、間近で自分を見つめている。

「騒ぎになると、お互いに困るだろう？」

シュタールの悪戯《いたずら》っ子のような表情に、シャオはまた涙を溢れさせた。

「……シュタ……ル様っ」

ちゃんとその顔を確かめようと思うのに、もうどうにも涙が止まらない。シャオは鎧の上からシュタールをしっかと抱きしめ、何度も夜ごと夢に見た人の名を呼んだ。

「お前にひと言、謝っておかなければ気が済まなくて……」

シャオをしっかりと、けれど優しく抱きしめて、シュタールがそっと髪を撫で梳《す》いてくれる。

「会いにきた」

その瞬間、鎧の腕にギュッと力が込められた。

「……はい」

もっとなにか、胸に溢れる想いを伝える言葉があったはずなのに、シャオは小さく頷くことしかできない。

ときおり、開け放たれた天窓から、アロイスの翼が風を切る音が聞こえた。

それに応えるように、ランがさえずり、籠の中で翼を羽ばたかせる。

「実は……」

肩を震わせしゃくり上げるシャオを胸に抱いたまま、シュタールが静かに語りはじめる。

銀の鎧のせいでその体温を感じられないのが寂しかったが、シャオはじっとシュタールの声に耳を傾けた。

「辺境地域のみでなく、トニストニアの各都市やこのキトラでもきな臭い動きがあると分かった。もしかしたら、また永い戦が始まるかもしれない……」

口調は穏やかなのに、シュタールの声には哀しみと苦悩がはっきりと滲んでいた。

ドージェはトニストニア側に作戦の情報は漏れていないといっていたが、やはりそう簡単に事が運ぶはずはなかったのだ。

きっとトニストニアもドージェたちの動きに目を光らせていたに違いない。

「そうなれば、お前に会うことも……二度と叶わなくなるかもしれない。そう思ったら、じっとしていられなかった」

鎧が擦れ合う音がして、シュタールが腕の力をゆるめてくれる。

そこでようやく、シャオは間近に黄金色の髪と翠玉色の瞳を確かめることができた。

「どうして、わたしに……？」

抱きしめてくれる腕と、美しい瞳に見つめられただけでは、シャオにはどうしてもシュタールの真意が分からない。身勝手に解釈して、思い上がった末、すべてを否定されるのが怖かった。

すると、シュタールが少しだけ困惑したように肩を竦めた。シャオの髪を何度も何度も撫で梳いては、ときおりひと筋手にとって唇を寄せてみせる。

その仕草にドキドキしながら、シャオははやくなにか答えてほしいと気を逸《はや》らせた。

「お前が青い髪の王の血を継ぐ者なのか、その真偽を確かめるために登楼したはずだった……」

シュタールがあの決別の日と同じ台詞《せりふ》を繰り返す。

しかしその先に続いた言葉は、シャオが想像したことのないものだった。

「だが、会えば会うほど……俺はお前の純粋な心に惹かれていったんだ。登楼を重ねるうちに、お前に会うのがどうしようもなく楽しみで仕方なくなっていた」

「……う、そです」

シャオは咄嗟に、そういってしまった。

俄《にわか》には信じられない告白だ。自ら否定しなければ、とてもじゃないけれど冷静でいられなかった。

「嘘じゃない。俺はもう……随分とはやい時期から、お前がかわいらしくて愛しくて……抱いて自分のものにしてしまいたかったんだ」

「……だって、でも……っ」

慈愛に満ちた新緑色の瞳にまっすぐに見つめられて、シャオはまた涙を目に浮かべた。

シュタールがシャオの双眸に浮かんだ涙の粒を、零れ落ちる前に指先で丁寧に拭ってくれる。

「ああ……そうだよ、シャオ。アルス・アルータであるお前を抱くことは容易い。花代を払っていたんだから、いつだって抱こうと思えばそうできた。でも、俺は……金で買ったお前が抱きたかったわけじゃない」

次々と明かされるシュタールの本心に、シャオの心はとてもじゃないが追いつけない。ただ心臓がはち切れそうになるのを我慢しながら、シュタールの言葉を聞き逃すまいと必死だった。

「それに、お前が……もしかしたらチンファ王の遺児かもしれないと思うと、さすがに想いを告げることが躊躇《ためら》われた」

知らなかった。

「本当に……わたし、を……？」

シュタールの指が拭い切れなかった大粒の涙が、シャオの漆黒の瞳から零れ落ちる。

「愛しているんだ、シャオ」

「う……ふ、ううっ……」

きっと、ひどい顔をしているだろうと思った。

けれど、シャオは思い切り声をあげて泣いた。

それはもう、幼い子供のように——。

「泣かないでくれ、シャオ。……なあ、俺はお前にあんなにひどいことをしたくせに、それでもまだ、お前に笑いかけてほしいと思っているんだ」

鎧が擦れてガシャリという音がした。

と同時に、シャオの瞼にシュタールの唇が触れた。

「っ……あ」

驚いて涙に濡れた睫毛を瞬《しばた》き、シャオはハッとする。

「許してくれるか？」

恋い焦がれてやまない翠玉色の瞳が、同じように濡れていた。

「ひどく乱暴に抱いたことと、お前を欺いていたこと。……そして」

今度はシャオの唇に、シュタールのそれが触れて、離れる。

「シャオ、お前を愛することを――」

縋るような双眸に見つめられ、シャオは声もなくコクコクと頷く。

そのたびに大粒の涙が零れ落ち、シュタールが唇で拭いとってくれた。

冷たい鎧に触れているはずなのに、不思議とシュタールのあの逞しい胸に抱かれているような気がする。

「わたしもっ……」

スン、と派手に洟《はな》を啜《すす》って、シャオは涙でぐしゃぐしゃの顔を思い切り破顔させた。

「わたしも……ずっと、シュタール様、あなたのことを……恋しく想っていました」

恋をしたのもはじめてなら、告白するのもはじめてだった。

恥ずかしくて、でも嬉《うれ》しくて、うまく気持ちが伝わっているか心配で……。

でも、シャオはまっすぐにシュタールの顔を見て想いを告げる。

「はじめてお会いした日から一日だって……一瞬だって、シュタール様を忘れたことなんかありませんでした」

精一杯の言葉と笑顔で、シャオは胸に抱え続けた恋情を解き放つ。

「ほ……んとうか、シャオ？」

今度はシュタールが目をパチクリとさせた。

一瞬、小さく首を傾げたかと思うと、はたとシャオの目を見つめ、そうしてもう一度、

「本当に？」と確かめてくる。

シャオは背伸びをして鎧の肩に腕を伸ばすと、気恥ずかしさを覚えつつ自らシュタールの唇に口づけた。

「シャオ……」

見る間に、シュタールの頬が薄紅色に染まる。

その表情を愛しく感じながら、シャオはずっとシュタールに伝えたかった想いを語った。

「わたしがシュタール様に話した身の上は、すべて本当のことです。嘘や偽りは、ひとつだってありません。代々の王様たちの青い髪のことだって……本当に真実なのか、ただの伝説なのか分からない。青い髪の王が奇跡を起こしたところを見た人なんて、わたしのまわりにはひとりとしていませんでした」

シャオは切々と訴えた。髪の色がどうだとか、奇跡の力がどうだとか、そんなことで自

分の価値を決めたくはない。

ただ自分は自分でしかなく、優しく膝に抱いて藍鉄色の髪を梳いてくれたシュタールという人に恋をしたのだと――。

「わたしはただの男娼です。だから……シュタール様への想いは、口にしてはいけない。そう思ってずっと胸の中にしまい込んでいました。どうせ、叶うはずのない想いだと――」

最初は、ただの身分違いだと秘めた恋心だった。

それが気づけば、敵国の王子への恋心になっていた。

シャオは生まれてはじめての恋は、一生叶うことのない許されぬ恋だと思い込んでいたのだ。

「……なんということだ！」

声をあげ、天を仰いだのはシュタールだった。

その声に反応したのか、夜空を舞っていたアロイスが音もなく高楼の天窓の枠に下りてきた。

ランが驚いた様子で籠の中をバタバタと飛びまわる。

「俺たちは相思相愛だったのだな」

無邪気に微笑むシュタールに、シャオも嬉しくなる。

——そうか、僕たちは、想い合っているんだ。

じわりとした実感に、シャオの頬が自然に綻ぶ。

「シャオ」

すぐそばで名を呼ばれたかと思うと、鎧の胸に抱き寄せられた。

そして、深く口づけられる。

「ンッ……！」

接吻《せっぷん》は、もちろんはじめてではない。

それこそ、シャオが拒もうとしても、強引に唇を重ねてくる客も多くいた。

けれど今、シュタールと交わしている口づけは、シャオが経験してきたどれよりもすばらしい接吻だった。

「シャオ……ッ」

熱い吐息交じりに名を呼ばれ、全身に甘い痺《しび》れが走り抜ける。

大きな掌でシャオの後頭部をしっかりと支え、シュタールが舌を絡めてくる。情熱的で、いやらしい口づけだ。

あの乱暴なセックスを強要した男とは別人のよう。

「ふっ……ぁ」

シャオは心も身体も融けてしまいそうだった。

このままこうやって、ずっと抱きしめ合っていたい……。

「シャオ」

濡れた翠玉色の瞳に熱く見つめられる。まっすぐに、そしてはっきりとシャオを求める瞳に、ドクンと心臓が跳ねる。

「シュタール様……」

このまま抱いてほしい――。

心と身体が同時に叫んでいた。

誰に触れられても反応したことのない性器が、ピンと張り詰め熱をもつ。

そのとき、上空からさも申し訳なさそうにアロイスが喉を鳴らした。

「グルルゥ……」

チチチ、とランが警戒するようにさえずる。

「あ」

シャオは咄嗟にシュタールの腕に縋った。

「……時間切れだ、シャオ」

離れ難いのは、シュタールも同じようだった。

「誰か……おそらくロイエだろうが、ここへ上がってくるのにアロイスが気づいたんだ」

シャオの髪を名残り惜しげに撫で、シュタールがそっと抱擁を解く。同時に、アロイスが青みを帯びた銀の鱗に覆われた尾を天窓から垂らした。

シュタールが軽く巻いた尾の先端に足をのせると、アロイスが器用にゆっくりと引き上げていく。音を立てることなく天窓の枠にたどり着くと、シュタールは大きな顎をすり寄せるアロイスの鼻先を撫でてやった。

そして、シャオを見下ろす。

「いつだったか、約束しただろう？」

枠から外した天窓の一部を静かに戻していきながら、シュタールがアロイスの首を抱き寄せた。

「お前を竜の背に乗せてやると……」

シュタールの言葉に応えるかのように、アロイスが金色の瞳を細めてシャオを見つめ、見かけからは想像もできない優しい鳴き声を漏らした。

「キュウゥン」

すると、まるでアロイスに応えるように、ランが優しく鳴いた。

ルル、ルルル……。

竜は火を吐き、すべてを焼き尽くす恐ろしい存在。

どうしても拭い切れなかった竜への意識が、はっきりとシャオの中で変わっていく。目を瞠るほど大きな身体と銀の鱗に覆われたアロイスを見ても、シャオはもう恐ろしいとは思わなかった。

猫のように首をすり寄せシュタールに甘える姿は、かわいらしくさえ映る。

「辺境地域での暴動を一日もはやく鎮め、キトラ周辺の不穏な動きの原因を必ずつきとめる。お前の幼馴染みにも、馬鹿なことはよせといって必ず止めてやる」

天窓をしっかりと元どおりに戻すと、シュタールが小さく手を振ってアロイスとともに夜空へ舞い上がった。

「シュタール様……っ！」

シャオはハッと我に返ると、衣装の裾に足をとられながら慌てて東の窓へ駆け寄った。

するとまるで予想していたかのように、窓の外にシュタールとアロイスが姿を現す。

「シュタール様っ……大切な、お話が――っ」

伝えなくてはならないことがあったのを思い出し、抑えた声でシュタールに呼びかける。

しかし、アロイスの翼が空を切る音に遮られて、シャオの声はシュタールの耳に届かない。

「シャオ、約束しよう。今度こそ、誰もが平穏に暮らせる国造りを目指すよう、父に進言する。そうして、トニストニアが平和な国となった暁には……俺はトニストニアを捨ててでもお前を手に入れる」

アロイスが蝶《ちょう》のようにふわりと舞うと、シュタールが窓のそばまで近寄ってきた。

「二度とあんなひどい抱き方はしない」

切なげにいって、風に流されたシャオの藍鉄色の髪に触れた。

「愛しているよ、シャオ。必ず、迎えにくるから――」

静かにそう告げると、シュタールは颯爽《さっそう》とアロイスを駆って星が瞬く夜空へと消えていった。

「あ……っ」

直後、扉の鍵が開けられる音がした。

それでもシャオは叫ばずにいられない。

「待ってください、シュタール様っ！」

ドージェたちとゲードラウドの密約、そして、帝都キトラをはじめとする各都市への一斉攻撃のことを伝えられなかったことが悔やまれて仕方ない。

「シャオ様、誰かいるのですか？」

ロイエが部屋に入ってきても、シャオは東の窓に縋りつき、夜空に向かって叫び続けた。

「お願いです、戻ってきて……っ！」

後悔の念に苛《さいな》まれながら、シャオはひと筋の涙を流す。

シュタールからの愛の告白と甘い口づけに我を忘れ、一番伝えなくてはならないことを伝えられなかった。

「シャオ様、どうされたのです？」

窓に縋って泣き崩れるシャオに、ロイエが血相を変えて駆け寄る。

小刻みに肩を震わせて、シャオはロイエに「なんでもない」と首を振った。

――どうか、ご無事で……。

無力で浅はかな自身に呆《あき》れつつ、ただただ、シュタールの無事を祈るしかなかった。


結局、シャオは一睡もできないまま夜明けを迎えた。

シュタールと互いに想い合っていると知った感動よりも、今宵《こよい》、月のない夜になにが起こるのかという不安に、胸がざわめいて眠れなかったのだ。

ロイエも心ここにあらずといった様子で、朝から小さな失敗をいくつも繰り返しては、娼館主のダニロに叱られているようだった。

「まったく、シャオが具合が悪いのはどうしようもないことだがなぁ」

少しでもシャオの気分が晴れればと気遣ったのか、ダニロがロイエを従えて新しく誂《あつら》えさせたという青を基調とした衣装を持って高楼に現れた。

「具合はどうだ、アルス・アルータ。お前がしっかり稼いでくれないと困るんだ。それでなくとも近頃客足が落ちている。はやくよくなってこの衣装を身に着けてくれ」

「ありがとうございます、ダニロ様。ご迷惑をおかけして申し訳ありません……ッコホッ、コホッ……ンッ」

咳が出ている――ということになっているので、シャオはそれらしく振る舞ってみせる。

「それにしても、今朝《けさ》からどうも街の空気がおかしい。相変わらずチンツァ地域では小競り合いが続いていて、キトラの城兵部隊も半分ほど駆り出されたとかいう話だしな」

戦続きの世を憂いているように聞こえるが、ダニロの真意がそこにないことはシャオもロイエも分かっている。

「……ったく、こういう日は不思議と客足が悪くなる。やってられん」

盛大に溜息をつくダニロに、シャオとロイエは「やっぱり」と顔を見合わせ肩を竦めた。もっともらしいことを話しても、彼はジュゲールの売上のことしか考えていないのだ。

「せっかくだから、きっちり身体を治すんだぞ。調子がよくなったら、またしっかり稼いでもらうからな、シャオ」

ダニロは今宵、キトラやトニストニアの各都市でなにが起こるのか当然知らない。しかし帝都を覆う空気がピリピリと張り詰めていることを敏感に感じとっているらしかった。

「ああ、今夜は絶対に暇な気がする……っ」

愚痴りつつ部屋をあとにするダニロを見送ると、ロイエが不安を隠さずにシャオに訊ねてきた。

「……大丈夫ですよね、シャオ様」

「きっとドージェは約束どおり、わたしたちをちゃんとここから助け出してくれるよ」

本当はシャオも不安で堪らなかったが、今はドージェを信用するほかはなかった。

そしてその日はダニロの予感が当たり、男娼館ジュゲールを訪れる客は片手で足りるほどだった。

すっかり日が暮れていつもなら本館に男娼の空き待ち客が溢れる時刻になっても、ジュゲールは閑散としている。

シャオは体調不良で臥《ふ》せっていることになっているので、当然、高楼の鐘の音がキトラの街に響くことはない。

「ねえ、シャオ様」

時計ばかりを気にしていたロイエが、ふと窓の外を眺めて呟いた。

「新月の夜というのは、お月様が見えないから星がたくさん見えるんですよねぇ」

ロイエは南の窓から外を眺めていた。

その遠く、高い山々の連なる国境の向こうから、とんでもないなにかがやってくる。

「うん、昨日も月がまるで糸みたいに細くって、星が随分ときれいに瞬いて見えたから」

シャオが答えると、ロイエがなぜか表情を強張《こわば》らせて近づいてきた。

「……シャオ様」

今にも涙を溢れさせそうなロイエの表情に、シャオは異変を察する。

「どうしたの？」

「星が……ひとつも見えないんです。雲はひとつも浮かんでいなくて、確かに晴れているのに、まるで墨を流したみたいに……真っ暗で――」

シャオは急いで窓辺に駆け寄った。南だけでなく、東や西、北の窓からも夜空を眺め、ロイエの言葉が本当だと知って青ざめる。

「……どうして？」

ロイエはすっかり怯《おび》えてしまっていた。

シャオも不安と恐怖で胸が押し潰されそうだった。

今頃、シュタールはどうしているだろう。

ドージェは本当に戦を始めるつもりなのだろうか？

「失礼します」

そのとき、部屋の扉が静かに開いて、例の下男が食事をもって現れた。絨毯に膝をついて深々と頭を垂れ、シャオに恭しく告げる。

「約束の時刻が迫ってきました」

下男が手にした蓋《ふた》をかぶせた盆には、食事ではなく脱出のための道具が収められていた。縄梯子や数種類の工具一式を使って、天窓から外へ出る手はずだと教えられる。

「シャオ様は、命に代えてもお守りします。どうかご心配などされませんように」

下男が自分をすっかり王として扱うのに、シャオはやはり戸惑《とまど》いを隠せない。

「一斉攻撃の合図は、黄色の狼煙《のろし》です。それを合図に高楼の下に仲間がやってくるので、砲撃が始まる前にはジュゲールの通用口前まで出られるよう、迅速に動いていただかなくてはなりません」

「シャオ様、大丈夫ですか？」

下男が堅苦しく脱出の手はずを説明すると、ロイエが心配そうな顔で訊ねてきた。

「こう見えても五年前まで鍬《くわ》を振るっていたんだよ。ここ数日で体力作りもできたし、足手まといにはならないと思う」

シャオが答えると、下男とロイエがホッとした表情を浮かべた。

下男の説明だと、狼煙が上がる前に縄梯子で天窓に上がって高楼から抜け出し、砲撃とともにジュゲールの敷地内を脱出。仲間の手引きでキトラの地下水道を使って、帝都を囲う城壁外まで一気に駆け抜けるということだった。

説明を受けている間、ロイエがシャオの髪を結い上げて黒のショールで頭を覆ってくれる。

鳥籠の中でランが忙《せわ》しく羽ばたき、いつになく厳しい鳴き声をあげた。ランも異変を感じているのだろう。

「これから急いで天窓の枠を外します。ロイエは誰もここへ上がってこないよう見張っていてくれ」

その間にシャオはキトラ市民がふだん着ているような服に着替えるよういわれた。

「こんな戦い方をしても、たくさんの人が傷つき死んでいくだけじゃないかな？　もし故郷を……チンファ王国を再興できたとしても、トニストニアの人々の憎しみを買って、同じことを繰り返すだけだ……」

手早く着替えを済ませると、シャオは器用に縄梯子を伝って天窓に上り、窓枠を外しにかかる下男に語りかけた。

「本当はあなただって……戦なんて望んでいないはずだ。大切な人が死んだり傷ついたりするのに……どうしてこんな――」

シャオは天窓を仰いで下男に訴えかける。胸には、母の顔が、ドージェの言葉が、そして昨夜のシュタールの姿が鮮明に浮かび上がっていた。

もう誰も失いたくない。傷つけたくない。

ただ静かに、平穏に暮らせる世を求めているだけ――。

しかし、下男は聞く耳を持たず、窓枠を外す作業を続ける。

「シャオ様。ゲードラウドの新式の大砲は、キトラのような大きな都を数発で壊滅させるほどの威力があるそうです。トニストニアを徹底的に滅ぼしたのちに、おれたちはあなたのもと、傷つき亡くなった人たちへの想いの上に、新しいチンファ王国を築くのです」

「……気持ちは分かるよ。でも……っ」

シャオの訴えに、下男が驚きと哀しげな表情で見下ろしてきた。

「王となられるシャオ様がそのような甘いお考えでは、ドージェ様が可哀想です。これまであの人がどれだけの苦労をしてきたか、あなたは知らないからそんな呑気《のんき》なことがいえるんだ」

「……っ」

今さらなにをいったところで、もうどうにもならないと思い知る。

シャオの胸に焦燥と哀しみが溢れた。

故郷を取り戻したい想いは痛いほどに分かる。

けれど、もう戦いは嫌だった。

たとえトニストニアを倒しても、きっとゲードラウドがとって替わるに決まっている。

それに――。

『シュタール様……』

トニストニアが滅ぶということは、王子であるシュタールも無事ではいられないだろう。

いや、それ以前に、今夜の一斉攻撃で……もしかしたらドージェだって、命を落としてしまうかもしれないのだ。

「……いやだっ」

背筋がゾッとして、冷たい汗が伝い落ちる。

帝都キトラだけでなく、トニストニアのあちこちで多くの人の命が奪われようとしている。

そうと思うと、シャオは胸を掻き毟《むし》りたいような焦りを覚えた。

――もう誰も、見知らぬたったひとりの命だって失いたくない。

「狼煙です！」

そのとき、ロイエが小さく声をあげた。

慌ててシャオが南の窓を覗くと、真っ暗な空に黄色い狼煙が上がるのが見えた。

「こちらも、脱出できます。シャオ様、急いでください！」

窓枠を外し終えた下男がロープを下ろし、汗だくの顔でシャオを促す。

ロイエが躊躇うシャオの手をとった。

「……分かった」

シャオは首から下げた母の形見の革袋を、服の上からぎゅっと左の手で握りしめて頷いた。

「でも、少し待って」

ロイエに手を離すよう目で訴え、シャオは鳥籠をスタンドから外した。ランはなにかを察したかのようにおとなしく止まり木でじっとしている。

「シャオ様、ランも連れていくのですか？」

荷物は少なく――といわれたのを気にしてか、ロイエが訝《いぶか》しむ。

「違う。逃がしてあげるんだ」

シャオはにこりと微笑むと、片手に鳥籠を持ったまま天窓から垂れ下がったロープを反対の手で摑んだ。そして宣言どおり、身軽に天窓から外へ脱出してみせたのだった。

ロイエが下男に手を貸りてあとに続く。

高楼の屋根から見渡す帝都キトラは、不思議な静寂に包み込まれていた。

鳥籠の入口を開くと、ランがちょんちょんと跳ねるようにしてシャオの手に移ってきた。

「ラン、おいで」

「もうお前は自由だよ。きっと長い旅になると思うけれど、お前なら仲間のもとへたどり着ける」

シャオは闇に覆われた空に向かって右手を高く掲げた。

「さあ、お帰り。仲間のもとへ――」

ランが何度か首を傾げて「ルルル……」と鳴いたあと、深い藍色の翼を広げて飛び立った。

「今日までありがとう！　お前のしあわせを、祈っているから……っ」

ランはさえずりながらシャオたちの頭上を数度旋回すると、やがてまっすぐに西を目指して天高く羽ばたいていった。

闇の中へランの姿が吸い込まれるように消えると、すかさずロイエがシャオの手を握ってきた。

「シャオ様、こちらです！」

下男に促されて、シャオはロイエと高楼の外へ垂らされた縄梯子を伝い下りた。そして、男娼館ジュゲールの長く高い塀沿いに足早に移動して、通用口の扉の前まできたとき――。

ドドーン、と雷のような轟《とどろ》きが、帝都キトラを守る城壁の四方から一斉に鳴り響いた。

「総攻撃が始まったんだ！」

下男が顔色を変え、慌てて目の前の鉄の扉を押し開ける。

すると待ち構えていたように、外套のフードを深くかぶった複数の男たちが駆け寄ってきた。

「さあ、シャオ様。こちらへ、急いでください！」

繋いだ手を引き寄せるロイエの手を、シャオは咄嗟に振り解いた。

「……シャオ様っ？」

驚きに目を見開くロイエを突き飛ばし、シャオはキトラの中心街へ向かって駆け出す。

「いけません、シャオ様！」

しかしすんでのところでロイエが足に縋りついてきた。

「ロイエ、放して。僕は、いかなければ……っ」

シャオは胸を痛めつつ、ロイエの腕を蹴《け》り払った。衝撃でサンダルが脱げたが、構わずに裸足で駆け出す。

下男やほかの男たちが追いかけてこようとしたが、そこへ一発の砲弾が唸りをあげて飛んできた。

「キャーッ！」

「に、逃げろ……っ！」

ジュゲールの隣の娼館が直撃を受け、バラバラと瓦礫《がれき》が降り注ぐ。

「シャオ様っ……戻ってください――っ」

ロイエの声が土煙の向こうから聞こえたが、シャオは足を止めなかった。

胸の革袋をしっかと外套の上から握り、砲弾が飛び交う空を見上げて闇雲に街を駆ける。

――どこ……？

キトラの街中が騒然としていた。突然の砲撃に、人々が右往左往し逃げ惑う。

シャオは闇を切り裂いて赤い火の玉が駆けていく空に目を凝らす。

闇に染まっていた空が砲撃で明るくなり、その中に、幾頭もの竜の姿が見えはじめた。

「……あっ！」

そのとき、シャオははっきりと目にした。

人混みを掻き分け、一目散に西に向かって走る。

見上げた西の空に、ひと際大きな竜を見つけたのだ。

「シュタール様っ！」

あちこちで爆音が響き、家々が崩れ、火の手が上がりはじめる。

シャオは西の城門の上空で指揮をとっているらしいシュタールとアロイスの姿だけを見つめ、ひたすら駆けた。足が傷つき、血が流れても立ち止まらない。

そうして、いよいよ城壁が間近に見えたときだった。

「シャオ――ッ！」

背後から聞き覚えのある声に名を呼ばれ、ハッとして足を止めた。

「えっ……？」

シャオは土埃の向こうに七日前に別れたきりの幼馴染みの姿を捉えた。

「ドージェッ！」

「どうしてこんなところにいるんだ、シャオ！」

甲冑《かっちゅう》に身を包み、愛用の剣を手にしたドージェがひどく驚いた様子で駆け寄ってくる。

「ドージェ、頼むから砲撃をやめさせて……っ」

「馬鹿野郎っ、こっちへこい！」

地下水道から城壁外へ脱出しているはずのシャオと遭遇して、よほど驚いたのだろう。ドージェが昔と変わらない態度でシャオを怒鳴りつけると、手を引いて城壁の陰に誘導してくれた。

「ロイエはどうした！　まさかはぐれたんじゃないだろうな！」

怒りと困惑に唾《つば》を飛ばすドージェに、シャオは「違う」とはっきり告げた。

「僕が勝手にみんなのところから逃げ出したんだ。ドージェや……シュタール様に、こんな馬鹿げた戦なんてやめるべきだって伝えたくて……」

答えつつも、シャオはまた怒鳴り返されると思った。

だが、ドージェはただゼイゼイと呼吸を荒らげながら、難しい顔でシャオを見つめるばかり。

「どうかしたの、ドージェ？　まさか、どこか怪我を……っ」

心配して肩に触れようとしたシャオの手を、ドージェが左手で打ち払う。

「――クソッ！」

「ドージェ、なにか……あったんだろう？」

訊ねると、ドージェがありありと悔しさを滲ませて吐き捨てた。

「アイツら……あっさりとオレたちを裏切りやがった！」

額を手で覆って辛そうに呻《うめ》き、ガクリと肩を落とす。

「信じたオレが、馬鹿だったんだ……っ」

拳《こぶし》を城壁に叩きつけ、ドージェは舌打ちを繰り返した。

「オレは南西の城壁でゲードラウドの兵士を指揮していたんだ。なのに……アイツら、一斉攻撃が始まった途端、掌を返しやがった──」

「そ、んな……」

シャオの不安がまさに的中したのだ。

攻撃を始めると、ゲードラウドの兵士たちはドージェの指揮を無視して、予定していた目標以外の場所にも砲撃を行いはじめたのだという。彼らが容赦なく一般市民が暮らす区域を破壊するのを見て、ドージェはゲードラウド兵を押さえることよりもシャオたちを避難させることを優先し、近くの地下水道への入口を目指していたのだ。

「己の力だけでどうにもできないことを、他国の力を借りて成そうとした時点で、自分の浅はかさに気づけなかったオレが間違ってたんだ……」

自責と後悔の念に苛まれるドージェに、シャオはどう声をかければいいのか分からない。

「こうなったらお前や仲間たち、それとキトラの人々をひとりでも多く城壁の外へ逃がしてやらねえと……っ」

ドージェはそういうと、パン、と自分の頬を叩いて立ち上がった。こういうときの気持ちの切り替えのはやさは感心せずにいられない。

「とにかく、このあたりが一番危険だ。ゲードラウドの新式大砲は一門だけで、それは東門近くに配備されている。狙《ねら》うとしたら官舎や兵舎、王族の居住区となっているこの西門地区のはずだ」

地図を広げるドージェの横顔に、シャオはこの上もない頼もしさを覚える。

「地下水道の入口は、この先の官舎の奥にもあるはずだ。とにかくそこへ……」

ドージェがシャオの腕を再びとろうとしたときだった。

「グヴ……ウウ……ゥッ」

獣の呻き声が聞こえたかと思うと、繰り手を失い傷ついた竜が一頭、シャオたちの目の前に落下してきた。

「シャオ、危ない……っ!」

ドージェが咄嗟にシャオを背に庇う。

地面に叩きつけられた竜は口から小さな炎を吐いたかと思うと、ひどく哀しげな鳴き声をあげて事切れてしまった。

「トニストニアの竜が……っ」

全身に砲弾を受けた竜の亡骸《なきがら》は、最期まで繰り手と街を守ろうとした証だろう。

シャオは胸を掻き毟られるような想いで、砲弾や火の玉が飛び交う空を見上げた。

たくさんの竜とその繰り手が、自分たちの国と人々を守ろうと奮闘している。そんな中、一頭、また一頭と、ゲードラウドの火器の前に虚しく命を落としていく姿が見てとれた。

「ドージェ」

シャオは幼馴染みの名を呼んで、剣を携えた逞しい手を握った。

「シャオ?」

ドージェが不安げに見返してくる。

シャオはその視線を真正面から受け止め、自分の心にある想いを打ち明けた。

「ごめん、ドージェ。僕はシュタール様を残してここを離れることなんてできない。あの人が好き……愛してるんだ」

「なに……を、いってるんだ?」

ドージェが激しく動揺した様子でシャオの手を摑み、骨が折れるかと思うほど強く握りしめてくる。

「奴は、敵国の王子だぞ? お前のお袋さんやチンファ王国を奪った……憎い敵の、竜兵団の将校だぞ……分かってるのか?」

「うん、ちゃんと分かってる。でも、それだけじゃないってことも、知っているんだ。……ねえ、ドージェ」

シャオはドージェに穏やかに微笑み語りかけた。

「今さっき、ドージェは僕たちだけじゃなく、キトラの人たちも逃がしてあげようっていったよね？」

「――え？」

ドージェ自身、自分が咄嗟に口にした言葉に気づいていなかったようだ。

「僕はドージェのそういうところが好きだよ。シュタール様もね、本当は戦なんかしたくないっていってた。竜は生活をともにする家族であって、人や街を焼くための兵器じゃない。トニストニアはすすむ道を間違ったんだって……」

遠くから悲鳴や叫び声が絶えず聞こえる。砲声が間近で轟き、視界の端には人の亡骸も見えた。

「ドージェもシュタール様も、心の根っこの部分は同じなんだ。だからきっと、戦なんかしなくても、分かり合えるときがくるって僕は信じてる」

シャオはゆっくりとドージェの手を解くと、西の空を自由自在に舞うひと際大きな銀色の竜へ目を向けた。

「それを伝えに、僕はシュタール様のところへいかないといけない」

背を向け、駆け出そうとした瞬間、解いたはずの腕に力いっぱい引き寄せられた。

「……シャオ、駄目だっ！」

ドージェの叫び声を聞いたと思った直後、シャオの目の前を閃光《せんこう》が走り抜けた。続けて、激しい爆風が巻き起こり、瓦礫が飛んでくる。

「……うぁっ」

シャオはドージェに身体を城壁に押しつけられた格好で、爆風が静まるのを待った。

「な、なに……？」

あたり一面を土煙が覆っていた。あちこちから悲鳴と呻き声、そして怆声が聞こえてくる。

「シャ……ォ、ぶじ……か？」

「ドージェ、今の……あれが――」

ゲードラウドの新式の大砲なのかと訊ねようと振り返る。

直後、目に飛び込んできた光景にシャオは声を失い、瞠目《どうもく》した。

「――ッ」

ドージェが身に着けていた甲冑は、跡形もなく消えていた。シャオを庇って閃光に背を向けた格好のまま、空気が漏れた笛のような呼吸を繰り返している。全身が、血で真っ赤に染まっていた。

「……ャオ……」

「い、やだ……っ」

シャオが双眸を大きく見開いた瞬間、ドージェが糸が切れた操り人形のようにその場に崩れ落ちた。

「ドージェ……ッ！　いやだ、ドージェッ、ドージェ……ッ」

ピクリとも動かないドージェに縋り叫び声をあげる中、あたりを覆っていた土煙がゆっくりと晴れていく。

シャオが向かおうとしていた西の城壁の一部に、ぽっかりと大きな穴が空いていた。そしてその周囲には、傷ついた幾多もの竜や人、動物たちが、まるで瓦礫のように転がっている。

キトラの西地区一帯が、火の海と化していた。

シャオの脳裏に、五年前の戦の記憶がまざまざと甦った。

「う……そだっ」

目の前の地獄絵図に、滝のように涙が溢れる。

母を失い、国を失った。捕らえられ見世物にされ、慰みものにされた。

もう二度とあんな想いはしたくない。

「どぅ……して……？」

トニストニアだとか、チンファだとか、そんなことは関係ない。

青い髪の御子だなんていわれても、結局、自分にはなんの力もないじゃないか。

本当に奇跡の力があるというのなら、この藍鉄色の髪に力があるのなら、こんなことになる前になにかできたはずだ。

シャオはあまりにも無力で、守られてばかりの自分が惨めで情けなかった。

「分かっただろ、ドージェ……。僕の髪はただ珍しいだけで、なんの力もないんだ……」

唇から血の気を失ったドージェを抱きしめ、シャオは泣きじゃくった。

息をしていない。胸の鼓動も感じられない。

「もう、争いなんていやだ。ねえ、ドージェ……こんなことはもうやめよう。敵も味方も傷つくだけじゃないか。ねぇ、ドージェ……せっかくまた会えたのに……っ」

冷たくなっていくドージェを、シャオはきつく抱きしめる。

「僕は大切な人を……なにもできずに失うばっかりじゃないか……っ！」

爆風で頭を覆っていたショールが吹き飛ばされたのか、シャオの藍鉄色の髪があらわになっていた。

「本当に……もの珍しいだけで、なんの役にも立たない……こんな、髪なんかいらない――っ」

腰まで伸びた髪を恨めしく睨みつけると、シャオはドージェを抱いたまま空を仰いだ。

炎に赤く染まった夜空に、シャオはシュタールとアロイスの姿を見つける。ゲードラウドの新式大砲で穴の開いた城壁から少し離れた上空で、剣を掲げて部下を鼓舞して戦っていた。

舞い踊るように砲弾を避《よ》けるアロイスと、闇夜に燦然《さんぜん》と輝く黄金色の髪を見やって、シャオは激しい焦燥にうち震えた。

無意識に、母の形見の革袋を握りしめる。

「せめて、あの人に僕の声が届けば……」

シュタールにゲードラウドの新式大砲の存在と、砲台が東の城壁に設置されていると伝えられたら、なにか手立てが見つかるかもしれない……。

もう二度と目を開くことのないドージェに自分の外套をかけてやると、シャオはすっくと立ち上がった。

そして、裸足で駆け出す。視界に入る惨状には、なるべく意識を向けないよう、ただまっすぐ銀色に輝く竜と黄金色の髪を見上げて走った。

そのとき、近くに砲弾が撃ち込まれ、爆風が巻き起こった。

「うわ……っ」

長い髪が、砂塵《さじん》とともに宙に巻き上げられ、乱れ舞う。

「シャオ……ッ？」

爆風が収まると、頭上から驚きの声が降り注いだ。

「シュタール様！」

「どうしてこんなところにいるんだ。さっきの砲撃を見ただろう？　ここは危険だ、はやく逃げろっ！」

アロイスを自分の手足のように操り、見事に砲弾を避けながら、シュタールがシャオのそばまで降下してくる。

「シュタール様！　お伝えしたいことが……っ」

シャオがあらん限りの力で声を振り絞った、その瞬間——。

ひと際大きな砲声がキトラの空に轟いたかと思うと、東の空から闇夜を切り裂くように閃光が走り抜けた。

上空に、竜やトニストニア兵の断末魔の声が響き渡る。

『ゲードラウドの新式の大砲は、キトラのような大きな都を数発で壊滅させるほどの威力があるそうです』

脳裏に、下男の感心した声が甦った。

血塗《ちまみ》れのドージェの最期の微笑みが、シャオの胸を抉る。

「う、ぁ……っ！」

再び激しい爆風が吹き荒れ、シャオは立っていることができずにその場に蹲《うずくま》った。服の上からしっかりと母の形見の革袋を握りしめる。

やがて爆風が収まると、シャオは急いで空を見上げた。

「シャオ、無事か……っ！」

さすがというべきだろうか。シュタールは間一髪のところで直撃を免れたようだった。

だが、アロイスの左翼が半分ほど失われている。苦しげな呻き声がかすかに聞こえた。

「シュタール様、アロイスが……っ」

シャオは傷だらけの足で駆け寄り、空を見上げて声をかける。

アロイスは片翼をほとんど失いながらも、気丈に空を飛び続けていた。気づけば周囲の空にはもう数えるほどの竜しかいない。

キトラの西地区は城壁はもちろん、街も砲撃でメチャクチャだった。

それでもまだ、シュタールは残った部下たちを鼓舞し続ける。

三重の城壁に守られた王城も、わずかに被弾したのか一部から煙が上がっているのが見えた。

「なんて、ひどい……っ」

シャオの藍鉄色の髪が、夜風に舞い上がる。

悔しさと、哀しみと、怒りと……。

シャオは激しい憤りと虚しさに喉を喘がせた。胸が張り裂けんばかりの激情に熱くなる。

このまま、なにもできず、ただ見ているしかないのだろうか——。

『命に代えても守りたいと思ったものができたときだけ、開けて中を見るのよ』

事切れる寸前、母が遺してくれた言葉を思い出したシャオは、そっと首から下げた革袋をとり出した。

そして、五年間、一度として開けたことのない袋の中身を手にとってみる。

「……っ！」

手の中を覗き込んで、シャオは双眸を大きく見開いた。

革袋の中にはチンファ王族が祭祀《さいし》を行う寺院のお札が、幾重にも油紙を巻かれてしまわれていたのだ。

「どうして……母さんが、こんなものを？」

震える手でお札の裏を見て、シャオはさらに大きな驚きに全身を震わせた。

「……嘘だ」

お札の裏には、亡きチンファ王の名とともに、シャオが王の子である証明として、王族にだけ与えられる魂名《こんめい》が『チン・シャオ・バドマ』と書き記されていたのだ。

「……そんな……っ」

繰り返し巻き起こる爆風に舞い乱れるこの藍鉄色の髪が、まさか本当にチンファ王族の証だったなんて――。

シャオは信じられない想いでいっぱいだった。

母はなにひとつとして、真実を教えてくれなかった。

どうして王の子を身篭《みごも》ったのか。

どうしてたったひとりで自分を育てたのか……。

「母さん……っ」

混乱に、なにも考えられなくなる。

しかしそのとき、再び雷鳴のような轟音《ごうおん》が鳴り響いた。

「ああ――ッ！」

闇夜を切り裂く閃光が、まっすぐにシュタールたちに向かって走るのを認めた瞬間――。

シャオは手にしっかかと母と父の形見を握りしめ、月のない空に向かって声を張りあげた。

「チンファの王、チン・シャオ・バドマが命じる――っ」

シャオの声は、激しい砲声と爆風に掻き消されてしまう。

しかし、爆風と砂塵に周囲が呑み込まれた直後、シャオの身体から青い光が球体となって溢れ、キトラの街を包み込むように広がっていったのだ。

光の玉はキトラの城壁の外まで広がり、ゲードラウドの兵士をも呑み込んだ。

――なにが、起こっているのだろう？

ふわふわとした感覚の中、シャオは恐ろしさのあまりギュッと瞼を閉じた。

まるで、高い高い空の彼方から見下ろしたような光景が、目を瞑《つぶ》っているはずのシャオの瞳に映る。

墨を流したような夜空が青い光に照らされて、見えないはずの新月までをも青く浮かび上がらせた。

青い月の下、キトラの街が静寂に包まれていく。

不思議な光景だった。

青い光の下で、ありとあらゆる銃器や戦闘の道具が、樹や草など様々な種類の植物へと変化していく。

トニストニア兵やゲードラウドの兵士、逃げ惑っていた街の人々が、茫然とその光景を見つめていた。

雨のように街に撃ち込まれる砲弾が、見たこともない大きな花となってふわふわと舞い落ちていく。トニストニアの兵士が手にした剣や槍《やり》も、花束や草木に変わってしまった。

光の中心で、シャオはきつくきつくお札を握りしめ、驚きつつもひたすら祈り続けた。

シュタール様と、ドージェやロイエ……大切な人たちと、しあわせに暮らしたいだけなんだ。

もう誰も失いたくない。

死なせたくない。

哀しみに大地が覆われ、恨みばかり引き継がれる世界なんて欲しくない。

シュタール様がいない世の中なんて望んでいない。

お願いだから、あの人を助けて。

ドージェを……罪のない人々を、助けて……。

シャオの髪は青白く眩い光を放ち、いつの間にか地面に届くほどの長さになっていた。

青い光の中心で、シャオはお札を握って祈り続ける。青白く輝く長髪が、舞い踊るかのようにゆらゆらとたなびいていた。

「シャオ！」

名を呼ばれ、シャオはハッとして振り返った。

「……シュタール様……？」

そして、驚きに目を見開く。

静けさの中、青い光に守られながら、シュタールがゆっくりアロイスと地面に降り立った。片翼をもがれて苦しげに鳴いていたアロイスも、失ったはずの翼を取り戻している。

シュタールが手にした剣は、濃い緑の麦の穂に変化していた。

今度こそ自分の瞳で街に起こった異変を認め、シャオは愕然とする。

「シャオ……」

アロイスから降りてシュタールが駆け寄ってくる。

なにが起こったのか自分でも状況が把握できないまま、シャオはシュタールが無事だったことを素直に喜んだ。

「ご無事だったのですね」

青い光を放ち、髪が異様に伸びたシャオを驚きの表情で見つめつつ、シュタールが安堵の表情を浮かべる。

「やはり、お前はチンファ王の遺児だったんだな」

「……っ」

シュタールの言葉に、シャオは唇を嚙みしめて俯いた。

「青の奇跡……古くからチンファ王国に語り継がれた青い髪の王の力が、これほどのものとは……」

感嘆と苦渋が綯《な》い交ぜになったシュタールの瞳が、シャオの胸を軋ませる。

自分が本当にチンファ王の遺児だったなんて、正直、シャオにとっては哀しい真実でしかない。

シュタールとは相容《あいい》れない関係だと、証明されてしまったからだ。

きっとこのままチンファ王族の生き残りとして、そして暴動の首謀者であるドージェと結託していたとして捕らえられ、厳しく罰せられるに違いない。

「シュタール様、わたしは……」

「知らずに育ったのだろう？　お前に罪はない。それは俺が一番よく知っている」

シュタールの翠玉色の瞳が優しく揺るぎない光をたたえていた。

「なにがあっても、お前を守る。俺はそう誓ったんだ。いっただろう……愛している、と」

自信と愛情に満ちた美しい瞳に、シャオはただこの人を信じようと思った。

「それに、ゲードラウドの砲撃を止めキトラを守ったのはお前だ、シャオ。キトラの民は感謝こそすれ、お前を責める者などいない。それはきっと、王も同じだろう――」

「……はい」

シュタールの愛の大きさを実感し、シャオはなにがあろうと受け止める覚悟を決めた。

そのとき、シュタールがシャオの背後に、すでに息絶えたドージェを認めた。

「シャオ、その男は……っ」

振り向いて、シャオは再び瞠目する。長く伸びた青い髪がまるで包帯のように、ドージェの身体を包み込んでいた。

「あの閃光から、わたしを守って……」

青く光る自分の髪に包まれて眠るドージェを見つめ、シャオは声を詰まらせた。もとはといえば、ドージェがゲードラウドと手を組んでトニストニアを攻めようとしたため、この惨劇は起こったのだ。

だが、シャオにドージェを責める気持ちは欠片《かけら》もない。

「ドージェはただ……チンファ王国を、祖国を取り戻したかっただけなんです」

シャオは小さな青い花が咲く地面をゆっくりと歩き、ピクリとも動かなくなったドージェの傍らに膝をついた。

「ドージェ……ごめん」

土色の顔に、水色の涙が滴り落ちる。

「シャオ」

背後から優しくシュタールに抱きしめられ、シャオは堪え切れずに嗚咽を漏らした。

まっすぐで強くて、優しかったドージェ。離れている間も、自分を心配して捜してくれていた。男娼になった自分を厭《いと》わず、昔と同じように接してくれた。今だって命を投げ出して助けてくれた。

「大切な……兄のような人だった」

大振りの両刃のドージェの剣は、オリーブの枝に変わっていた。

「……おい、シャオ」

そのとき、シュタールが驚いた様子で声を漏らした。

肩を叩かれたシャオは、目の前の光景に声を失う。

ドージェの土色に変化していた唇が、みるみる赤みを取り戻していったのだ。そっと土埃に汚れた手に触れると、ほんのりと優しいぬくもりが伝わってくる。

「ドー……ジェッ」

再び、シャオの両の瞳から涙が溢れ出した。

その涙は、どんなにシュタールが声をかけても止まることがなかった。

【六】

翌朝、帝都キトラは瓦礫と、そして美しい木々や花々で埋め尽くされていた。

ゲードラウドの兵士たちは、青い光に包まれた瞬間ただの鉄屑《てつくず》と化した新式大砲や様々な火器を残したまま、夜明け前にはすべて撤退したという。

また、暴動に参加していたドージェの仲間も、キトラを覆い尽くした青い光にチンファ王の奇跡を思い起こして、畏怖《いふ》に震え戦意を失った。

キトラだけでなくほかの都市もゲードラウドの攻撃で破壊されたが、不思議なことに大怪我を負った者こそいたが、命を失った者はただのひとりもいなかったという。

そしてこの日のうちに、ドージェの仲間――チンファ王国出身者たちによって、青い光の奇跡がシャオがもたらしたものだと流布された。

結果、帝都キトラだけでなく、トニストニアはもちろんゲードラウドでも、シャオというチンファ王の遺児が青の奇跡を起こしたと話題になっていったのだった。

新月の夜の青い奇跡の日から、七日後。

シャオはシュタールに従ってトニストニアの王城に参上した。

彼の父であるトニストニア王、そして盲目の次兄で第二王子のユングラッドから、今回の奇跡について尋問を受けるためだった。

「第一王子のシュレスラッドは、チンファ侵攻の戦で命を落としておってな」

トニストニア王の抑揚のない言葉に、シャオは無言で平伏する。

シュタールが兄をあの戦で失っていたことを、シャオは今はじめて知った。

なにも告げずにいてくれたシュタールの優しさを想うと同時に、それでもまだ戦を続けようとしたトニストニア王に腹が立って仕方がない。

なにも答えないシャオに、トニストニア王が続けて問いかける。

「先日のゲードラウドの攻撃は、先の王の遺児であるお前を戴いてチンファ王国再興を目論《もくろ》む者の手引きによるものだったらしいが、それは真実か」

「……それはっ」

シャオは言葉に詰まった。今となっては「真実である」としか答えようがないけれど、それまでシャオは自身がチンファ王の遺児だと知らなかったのだ。

それに、真実だと認めれば、当然ドージェたちが罪に問われる。

不思議なことに、シャオの髪は翌朝になるともともとの腰の長さに戻っていた。

だが、色は夏の空のように真っ青なままで、以前のような藍鉄色には戻らなかったのだ。

「見事なまでに青い髪は、伝説に聞くチンファ王そのものではないか」

もういい逃れはできないとシャオが覚悟を決めたとき、隣で膝をついていたシュタールがすかさず助け舟を出してくれた。

「父王に申し上げます。先日、危機に瀕《ひん》したトニストニアを救ったのは、チンファ王の遺児であるこのシャオです。多くの者が目にしていますので、疑う余地はありません。ましてやシャオ自身、チンファ王の遺児であることをそれまで知らずに育ったのです。これは、トニストニア第三王子として、また竜兵団将校として、確固たる証拠とともにご報告申し上げる次第です」

堂々たるシュタールの姿に、シャオは身の震える想いだった。

なにがあってもシャオを守るといってくれたとおり、シュタールは父王の怒りを買ってでもシャオの味方であろうとしてくれている。

「シャオは五年前のチンファ侵攻の際に捕らえられ、この帝都に奴隷として売られてきたのです。先日まで自由に外出もままならない身だったという証拠がある。つまり、このたびの暴動やゲードラウドを手引きした首謀者が、このシャオということはありえません」

シャオはもう、ただただ感謝に嗚咽を噛み殺すしかなかった。

「しかし……」

トニストニア王が納得のいかない様子で溜息をつく。

そこへ、第二王子のユングラッドが口を挟んできた。

「父王。一斉攻撃の標的となった各都市では、キトラと同じような青い光の奇跡が起こったとの報告が届いております。つまりシュタールのいうとおり、この者にトニストニアを守ったという功績こそあれ、罪科に問うのはおかしいことになりませんか」

盲目の第二王子ユングラッドは知性と人徳を兼ね備えた人物で、トニストニア王の信頼が三人の王子の中でもっとも厚いと、シャオは事前にシュタールから聞かされていた。

「しかし、あの奇跡の力を目の当たりにした者が、このシャオとやらを利用して我が国に仇《あだ》なす可能性はある」

トニストニア王がもっともな不安を口にしたとき、それまでひたすら平伏していたシャオがキッと目を見開いて顔を上げた。

「おそれながら、トニストニア王に申し上げます」

シャオの声に、トニストニア王があからさまに表情を険しくする。

それでもシャオは怯《ひる》まない。隣には、誰よりも信頼するシュタールがいてくれる。

「わたしは二度と戦など望みません。確かに国を失った同郷の人たちの気持ちは分かります。わたし自身、国や家族を失った哀しみはきっと一生忘れない。それは、チンファの戦でご子息を失われたトニストニア王も同じではありませんか？」

「……っ」

一瞬、トニストニア王が顳《こめ》かみを痙攣《けいれん》させた。

「戦は恨みと哀しみばかりを残します。戦を繰り返して大きくした国に、本当の幸福は育たないとわたしは思います」

「それは子供の考えだ。理想論に過ぎない」

シャオの言葉をトニストニア王が一笑にふす。

そこへ、ユングラッド王子が薄く微笑みながらいった。

「理想を求めて、他国へ侵攻したのは、我らがご先祖ですよ、父王」

「……なにを、いうか」

トニストニア王がたじろいだところへ、シュタールがたたみかけるように声を張りあげた。

「父王よ、ご心配されずとも、青の奇跡はもう二度と起こり得ません」

トニストニア王とユングラッド王子が同時にハッとした表情を浮かべた。

「チンファの王族たちは、いにしえの時代から自分たちの力が悪用されることを恐れてきたのです」

シャオはシュタールの隣で姿勢を正すと、母の形見であるあの革袋をとり出した。そして自分の魂名が記されたお札を差し出す。

「これは、母が亡くなる際にわたしに残してくれたお守りです。そして――」

続けて革袋から小さく幾重にも折りたたまれた紙片を抜き出すと、シャオはそこに記されたチンファ王族の代々のしきたりを読み上げはじめた。

「まず、最初に申し上げておきますが、先日のような奇跡をわたしは二度と起こすことはできません。チンファの代々の王には、人生でただの一度だけ……それも新月の夜にだけ、あの特別な力を使うことが許されるのです」

ユングラッド王子が興味深そうに身を乗り出し、トニストニア王は安堵と残念そうな溜息をつく。

「他国ばかりか自国の民にさえ、この力を知られ、悪用されることを恐れるあまり、わたしの先祖たちは人前で髪をあらわにすることを禁じてきました。稀《まれ》に奇跡の力を使ったとしても、あくまでも伝説として口伝するに留《とど》め、書物に残すことを禁じたのです。そして、奇跡の力でも及ばない危機が訪れた際には、自ら髪を焼き自害することを子々孫々に強いてきた……とあります」

シャオを助けるように、シュタールがあとに続く。

「チンファ侵攻の日、我々の急襲が新月の夜でなかったために、チンファ王たちは戦うよりも自害を選んだのです。ですから我々は王宮の焼け跡に彼らの遺骸しか見つけられなかった……」

壮絶な王族たちの最期の姿を思い出したのだろう。シュタールが沈痛な面持ちを浮かべた。

「形ばかりの剣士団を備えてはいたようですが、元来チンファ王国は戦いを好まない国柄だったようです。父王よ」

ユングラッド王子の進言を、トニストニア王がシャオを睨んだまま聞いている。

「兄上を失ったときの哀しみは、父王も忘れ難い痛みとして残っているはずです。それに、これ以上国を大きくしたとしても、チンファやほかの地域のように遺恨を残し、ゲードラウドのような敵国を増やすばかりではありませんか」

淡々としたユングラッド王子の言葉の前に、トニストニア王は無言で項垂《うなだ》れてしまった。

そうして、シャオとシュタールに手を振って下がるように告げたのだった。


「王様……最後少しだけ、可哀想に思えてしまいました」

謁見の間から下がって、大理石の廊下をシュタールと並んで歩きながら、シャオは小さな声でいった。

「父王にはあれぐらい強くいった方がいい。兄上がそのあたりはよく分かっているし、きっちりと支えてくれるから、お前が心配することはない」

父である王に会うためにトニストニア伝統の正装に身を包んだシュタールの姿に、シャオは今さらながらうっとりと見蕩れてしまう。横目でちらちらと盗み見ながら、城で与えられた捕虜の制服を着た自分が不釣り合いに想えて仕方がなかった。

——アルス・アルータの衣装には全然興味なかったのに……。

我ながら恥ずかしい奴だな、などと思っていると、登城したときとは違う廊下を歩いていることに気づいた。

「あの、シュタール様。この廊下は……お城の外へ出るときに専用に使うものなのですか？」

「シャオはときどき、おもしろいことをいうな」

城から続く外回廊を歩きながら、シュタールがおかしそうに肩を揺らした。太陽の光を浴びてふだんよりも黄金色の髪が眩しい。微笑む翠玉色の瞳が濃さを増して見えるのは気のせいだろうか。

「晴れて自由の身となったんだ。もっと喜んでいいと思うんだがな」

シュタールの言葉どおり、ユングラッド王子の進言にも助けられ、シャオは無罪放免となった。

それだけでなく、トニストニアを救った英雄として特別に勲章を与えられ、王城への出入りを許されることになったのだ。これはシュタールの強い求めによるものだ。

当然、男娼館ジュゲールへ戻る必要はない――というよりも、戻れない状況だった。ゲードラウドの攻撃で娼館街も大きな被害を受け、どの娼館もまずは建物を直すところから始めなければならなかった。

娼館街だけではない。帝都キトラ――そしトニストニア帝国全土が、復興のためにひとつとなって立ち上がらなければならなかった。

「自分のことよりも、ドージェたちが許される条件を聞き入れてくださったことの方が嬉しいです」

一度は暴動や叛乱の主導者として罪に問われたドージェとその仲間たちだったが、これもシュタールの強い進言で、帝都キトラの復興に二年間尽力するという条件で罪を許された。しかも、ドージェをはじめ腕に覚えのある者は、希望すれば二年間の復興貢献ののち、竜兵団か騎士団に仕官することができるという。

『またいつ、ゲードラウドが攻め入ってくるか分かりません。軍を整え補強することは、他国へ攻め入るためだけに必要なことではありませんよ、父王』

ユングラッド王子がトニストニア王にそう進言したらしい。

トニストニアの民や兵たちから信頼の厚いシュタールだが、第一王子亡き今、次期王には自分ではなくユングラッド王子がふさわしいといって憚《はばか》らないのも、もっともなことだと思った。

「ほらシャオ、こっちだ」

美しい草花が咲き誇り、鳥が舞い歌う中庭を抜けた先には、王族が暮らす塔があった。

「あの、シュタール様？」

てっきりこのまま城の外に設けられた、チンファ王国出身者のための仮設家屋に帰されると思っていたシャオは、ひと際大きな玄関扉が設けられた塔の前で躊躇《ちゅうちょ》した。

「ここが俺の部屋……というか、家だな。アロイスが出入りすることもあるから、特別大きな扉を造らせたんだ。造りもほかの居住塔とは違っている」

唖然《あぜん》としていると、その大きな扉が内側から静かに開かれた。門番が二人恭しくシュタールとシャオを出迎える。

「おいで、シャオ」

黄金色の髪をなびかせ、翠玉色の瞳を細めながら、シュタールが手を差し伸べる。

おずおずと手をとると、シャオの胸がトクンと跳ねた。

「約束しただろう？　平和が訪れたら、必ずお前を手に入れる——と」

シュタールの髪のように細く金色に輝く月の夜。

アロイスに乗ってシャオのいる高楼に現れたシュタールが口にした約束の言葉を、シャオは一言一句違《たが》わずに覚えている。

『二度とあんなひどい抱き方はしない』

途端に、顔が熱くなった。

「愛しているよ、シャオ。必ず……しあわせにする」

門番たちのいる前で、凜として愛を誓うシュタールに、シャオは陶然としつつ頷いていた。

ジュゲールの高楼に設けられたアルス・アルータの客間も、充分に豪奢《ごうしゃ》な造りだと思う。けれど紛《まご》うことなき王子であるシュタールの寝室は、所詮《しょせん》は男娼館の派手派手しい豪華さとは質が違っていた。

「あ、あの……待って、ください……っ」

登城の前に湯浴みはしたが、本当にシュタールに抱かれるのだと思うと、不思議なことに心が追いつかないくらい緊張した。

「待たない」

天蓋《てんがい》付きの大きな寝台にシャオを放り投げるようにして下ろしたかと思うと、シュタールが乱暴に服を脱ぎ捨てて飛びかかってきた。

「ンっ……」

ギシリという大きな軋みとともに、シュタールに唇を塞がれる。

息もつけないほどの性急な口づけだった。シュタールはまるで余裕なくシャオの身体に体重を預け、唇を吸い、舌を絡め、ときに意地悪く歯を立てる。

そうして忙しい手つきでシャオを裸にしていった。

「ハアッ……、シュ……タールさまっ……」

ひどい抱き方はしないといったくせに――っ！

服を引き裂きこそしなかったが、獰猛《どうもう》な獣のように唇を貪《むさぼ》るシュタールの背を、シャオは拳で何度も叩《たた》いた。

「ふっ……うぅん！」

背筋が盛り上がった逞しい背中を打ち、足をばたつかせてささやかな抵抗を続ける。

「……はあっ」

やがて、シャオの口腔《こうこう》を貪ることに飽きたのか、シュタールが大きく深呼吸をひとつして接吻を解いてくれた。

「ひ……どいですっ」

涙に濡れた瞳でキッと睨み上げると、シュタールがバツが悪そうに苦笑を浮かべ、素直に謝罪する。

「すまない……。約束したのに……どうにも我慢がきかなかった。許しておくれ、シャオ」

心から反省した様子で、シュタールがシーツの上に散ったシャオの青い髪を撫で梳いた。

「もうずっと……お前を抱いたと自慢する男たちに、嫉妬《しっと》していた」

「え……？」

登楼してくるたびに優しく接してくれていた様子から、シュタールがほかの客に嫉妬していたなんてシャオは微塵も感じなかった。

だからこそ、シュタールへの想いは片恋だと信じて疑わなかったのだ。

「お前がドージェに襲われているのを見た瞬間、カッと頭に血が上って我を忘れた」

シュタールの声が小刻みに震えている。あのときの怒りを思い出し、我慢しているのだとシャオはすぐに察した。

「本当はもうずっと、お前を抱きたくて……抱きたくて、どうしようもなかった」

握った拳をゆっくりと開いて、シュタールがシャオの象牙色の肩を包む。

「シュタール様」

ぞくりと肌が震えた。掌から伝わるしっとりとした感触と熱が、シュタールが本当に嫉妬してくれたのだと実感させてくれる。

「わたしはもう……あなただけのものです。ほかの誰にも……二度と触れさせることはいたしません」

シュタールの大きな手に自分の手を重ね、シャオはそこに首から下げた革袋ともう一方の手を重ねた。

「二人きりのときは、どうか『バドマ』と呼んでください。父と母が与えてくれた魂名です」

「バ……ドマ？」

シュタールが小さく繰り返す。

「ほかの人がいるときには、なにがあっても呼んではいけませんよ。魂名はチンファの王族が愛する人にだけ呼ぶことを許す名前なんです。自分の魂を捧げる誓いの証に、たったひとりにだけ明かすのです」

父と母しか知らない、魂名。

そして今後一生、ほかの誰にも呼ばれることのない魂名を、シャオはシュタールにだけ明かした。

「ああ、この守り袋に誓おう。チン・シャオ・バドマ――青い髪の御子よ」

シュタールがシャオが握った革袋に唇を寄せる。

「一生お前だけを愛すると――」

誓いの接吻を繰り返し、互いの身体をしっかりと抱きしめた。

「……シュ……タールさ……まっ」

深く執拗《しつよう》な口づけのあと、シュタールがシャオの首筋から骨の浮き出た肩へ唇を滑らせていく。

「……んあっ」

男娼として数多の男に抱かれてきたシャオだが、触れられて快感を覚えるのは生まれてはじめてのことだった。さざ波のように肌が粟立《あわだ》ち、恥ずかしいくらいに固く性器が勃起《ぼっき》するのに、ただただ戸惑い翻弄《ほんろう》される。

シャオにとってセックスは、苦痛と恐怖しか得られない行為だった。

「あぁ……んっ、や、やあ……しゅたぁ……る様っ」

なのに、どうしてこんな、頭がおかしくなってしまいそうなほど、気持ちがいいのだろう。

「シャオ。……なんて、かわいらしくて、いやらしいんだ……っ」

シュタールが汗の滲んだ額に黄金色の髪を張りつけて感嘆の声を漏らす。見事に竜を操る手でシャオの身体を巧みに愛撫しては、その反応をひとつひとつシャオに意地悪く知らせる。

「ご覧……感じている証拠だ。象牙色の肌が珊瑚《さんご》のような赤みを帯びて、乳首はこんなに尖って震えている」

「ぃや、いや……いわないでっ」

羞恥に耐え切れず、シャオは腕を交差して顔を隠した。辱めの台詞だって浴びるほど聞かされてきたのに、シュタールにいわれるとどうしてこんなにも恥ずかしくて、そして感じてしまうのか不思議で仕方がない。

「俺の手や舌で感じているお前を見ていると、どうしようもなくしあわせな気分になるんだ。シャオ……」

シュタールが突然シャオの性器を口に咥えた。

「あぁ——っ！」

今まであげたことのない嬌声《きょうせい》を放ち、シャオは背を仰《の》け反らせた。

「やめっ……いや、だめ……だめで……す。シュタ……ルさまぁ……」

嫌々と首を振りつつも、シャオの手はしっかりとシュタールの金髪を搦《から》めとり、自ら腰を浮かせていた。

「んっ……ぁ、や……変っ……へんに……なる、あ……ああっ……」

シュタールの舌がシャオの性器に蛇みたいに絡みつき、ちゅうっと吸われると堪らなかった。

ほっそりとした足を肩に担ぎ、シュタールが性器を咥えたまま、片手を尻の下へ潜り込ませる。

「んンッ……」

桃の実の窪みのような割れ目を指で探られると、腹の奥がザワザワとして勝手に腰が揺れた。

そして、つぷりと、指が秘部に忍び入った瞬間――。

「ふ、ふぁ――――っ」

自分でも驚くような声を発し、シャオは自覚する間もなくシュタールの口の中で精を放っていた。

「……ぁ、あ……」

ガクガクと全身が痙攣する。

射精はしても、こんな激しい絶頂の快感を味わったことなどない。

「どうしよう……シャオ」

シュタールが口許を手の甲で拭いながら身を起こし、情欲に満ちた瞳でシャオの腰を抱える。

「お前が愛しすぎて、どうにかなってしまいそうだ」

いいながらシャオの放った精液で汚れた唇をべろりと舌で舐《な》めた。そして、雄々しい性器をいまだに痙攣しているシャオの内腿《うちもも》に擦りつける。

「ごめ……な……さぃっ」

シュタールの口を穢《けが》してしまったことをうっすらと察し、シャオは陶然としつつ謝罪した。

「どうして謝るんだ？　お前が感じてくれて、俺はどうしようもなく嬉しいのに」

満足げに微笑んで、シュタールが再びシャオの秘部を愛撫しはじめる。

「あ、あぁっ……」

絶頂の直後のせいなのか、シャオの身体はひどく敏感にシュタールの指の動きに反応した。

硬く、そして熱く勃起したシュタールの分身を内腿に擦りつけられて、秘部を香油で探られるだけで、射精したばかりの小振りな性器がむくむくと起き上がる。

「んあっ……あ、あっ……や、あぁっ……ん！」

「もっと聞かせてくれ、シャオ。甘くて蕩《とろ》けそうなお前の声を聞いているだけで果ててしまいそうだ……っ」

上擦った声でシュタールに告げられると、その声にさえ感じてしまう。

「はぁっ……も、いわな……で……お願い……あ、ああ……ぃやぁ……んっ」

はじめて与えられる鮮烈な快感に、シャオは身も世もなく喘ぎ、溺《おぼ》れた。

シュタールがひどく念入りにシャオの秘部を解してくれる。腿に押しつけられる性器は熱く脈打って、はやくどうにかしてくれと訴えているのに――。

「もっと感じていいんだ、シャオ。どうか……俺の手で気持ちよくなっておくれ」

譫言のように耳許に囁く声に、シャオは知らず涙を流した。

「ああっ、……シュ、シュタール……様っ……！」

──二度とあんなひどい抱き方はしない。

シュタールは約束どおり、シャオに快感だけを与えようとしてくれている。

「愛しているよ、シャオ……ッ」

だが、シュタールの自制心にも限界があったのだろう。

「は、うぅ……っ」

くちゅっ……と淫靡《いんび》な音を立ててシャオの秘部から指を引き抜いたかと思うと、逞しい腕に恐ろしい勢いでシーツの波の上を引き寄せられた。

「すまない、シャオ……ッ」

許しを請う声と同時に、香油でたっぷりと濡らされた秘部に猛《たけ》った性器の先端が押しあてられる。

「──あ」

一瞬、シャオの脳裏を恐怖が過った。

だがシュタールがそんなシャオの表情の変化に、聡《さと》く気づいてくれる。

「約束する。ひどくはしない、絶対に──」

逞しい身体でシャオを包み込み、安心させようと髪を撫でてくれた。頬に口づけ、涙を吸いとり、何度も何度も「愛している」と囁いてくれる。

「……抱いて、くださ……いっ」

シャオは喘ぎすぎて掠れた声でそういうと、細い腕をシュタールの肩にまわした。

「……シャオ」

シュタールがなぜか切なげな表情を浮かべる。

シャオは胸の奥がツキンと痛むのと同時に、どうしようもないくらいに愛しさが溢れるのを感じた。

「力を……抜いて」

もう一度、腰を抱え直されて、シャオはコクンと頷いた。翠玉色の瞳に見つめられると、不思議と恐怖心が消えていく。

「あ」

今まで経験したものとは違う感覚が、下腹から下肢に走り抜けた。

「……んっ」

シュタールが息を詰める。だが、その表情は決して険しくはない。

「あ、あ……あ……っ」

ゆっくりと、それこそ焦《じ》れったいような挿入に、シャオは唇を戦慄かせた。

交合の瞬間に、これほどまでの快感を得られるなんて、はじめて知った。

「や、や……シュタール様っ！　だめ、あ、あ……ああっ！」

「クソッ……、シャオ！」

激しい絶頂の波に攫《さら》われ、シャオは二度目の精を放っていた。

同時にシュタールがその欲望を一気にシャオの身に埋め込んで、大きく肩を喘がせる。

「どうしようか、シャオ」

「え……？」

放心したように快感の余韻に浸るシャオの頬にシュタールが頬擦りしながら、ゆるゆると腰を揺らめかせはじめた。

「お前を自由にしてやりたかったのに……ずっとこうして、腕に抱いていたい――」

今までちらりとも見せたことのない独占欲を覗かせるシュタールに、シャオはうっとりとした眼差《まなざ》しを向けた。

「シュタ……アル様」

律動は徐々に大きく、激しく、そしてうねりを帯びていく。

「いっ……たでしょうっ……」

小さく跳ねる黄金色の髪に手を伸ばし、シャオは喘ぎとともに告げる。

「わたしは……もう、あなた……だけのっ……もの……だと……っ」

「……くそっ」

シュタールが悔しそうに苦笑したかと思うと、一気にシャオの腰を肩近くまで担ぎ上げた。

「ああ――っ！」

シャオの腰が折れそうなほどに身を屈《かが》め、交合をいっそう深める。

「その言葉……後悔するなよ、シャオッ」

これでもかとばかりに腰を打ちつけ、シュタールがシャオを再び快感の嵐へと連れ去る。

「あぁっ……！　んあっ……はぁっ……い、いい……ずっと……ずっと――」

シャオは快感に朦朧とする意識の中、シュタールの腕の中で叫んでいた。

一生……あなたの腕の中にいる――と。


気怠《けだる》い身体にショールだけを羽織って、シャオはシュタールの寝室の窓際から夜空を見上げていた。

日が暮れて間もない群青の空には上弦の月が浮かんでいる。

「身体は辛くはないか？」

物音もなく起き出してきたシュタールに背中から抱きしめられて、シャオは小さく頷いた。

「平気です。あんなに優しく抱いてくださったのは……シュタール様がはじめてですよ」

「そういうことを、あまり簡単にいわないでくれ」

シュタールがシャオの細い肩に顎《あご》をのせて唇を尖らせる理由が、シャオには分からない。首を傾げて見返すと、不機嫌な声で耳許に囁かれた。

「ほかの男を思い出すだろう。俺はどうやらひどく嫉妬深い性分らしい」

あ――となって、シャオは慌てて謝った。

「あの、すみません……。気をつけます」

「そうしてくれ。でないと……またひどくお前を抱いてしまいそうだ」

きゅっと抱きしめられて、シャオは思わず微笑みを浮かべた。

嫉妬されることがしあわせに思える日がくるなんて、考えたこともなかった。

「それから、さっきの言葉。シャオが覚えていなくても、俺はもう決めてしまったからな」

窓の外、広い庭を眺めてシュタールが続ける。

「お前はここで俺と暮らすんだ。……本当は無理強いはしないつもりだったが、お前がさっき自分でいったんだぞ？」

どこか甘えるような口調で訴えるシュタールに、シャオは素直に喜んでみせた。

「シュタール様、わたしが断るとでも思っていらしたんですか？　キトラに売られてきて五年、わたしには家族も国もなく……愛する人のそばのほかに、行くあてなどないのに――」


今度はシャオが拗《す》ねたように唇を尖らせると、シュタールが声をあげて朗らかに笑った。

「はは……っ、そうか！　そうだな、シャオ」

シャオの身体をすっぽりと胸に抱き、シュタールが「庭に小さな畑を作ろう」といった。

「え、畑ですか？」

突拍子もない発言に、シャオは目を瞬かせる。

「ああ、畑を作って、そこでアロイスもいっしょに昔ながらのトニストニアとチンファの暮らしをしよう。どうだ、いい考えだろう？」

子供っぽい笑みを浮かべて同意を求めるのに、シャオは思わず涙を滲ませた。

「はい、……はいっ」

涙がポロポロと零れ落ちる。嬉しくてどうしようもない。

しあわせで堪らない。

「どうしたんだ、シャオ。……頼むから泣かないでくれ」

上弦の月の光を浴びた水色の涙を、シュタールが唇で拭ってくれる。

「すみません……、嬉しくて――」

「嬉し涙も、度が過ぎると心配になる」

優しいシュタールの腕の中で、シャオはもう一度「ごめんなさい」と謝った。

「ところで、シャオ。……ひとつ、疑問があるんだが」

夜風に冷えては困ると、ベッドの中へ戻って再びシャオはシュタールの腕に抱かれた。

「お前はチンファ王の子でありながら、なぜ母と二人、市井で暮らしていたんだろうか」

シュタールの疑問に、シャオは革袋を手にして答えた。

「わたしも不思議に思っていました。……でも、なんとなく分かる気がするんです」

革袋の中に残されていた母の手紙をそっととり出してシュタールに見せる。

「シャオ、これは……」

「これだけはトニストニア王にも見せたくはありませんでした。……母と父の大切な思い出でもありますから……」

そこには母の字で、シャオの生い立ちについて細かく書き記されていた。

シャオの母は侍女として王宮に上がっていたのだが、そこで密かに士と恋に落ちた。やがて子を身籠ったが、すでに王には正妃がいた。

正妃はチンファ国内でも有名なくらい気高く嫉妬深い性格で、一夫多妻が認められているにもかかわらず、王は何年もの間、第二妃を迎えることができずにいたという。

正妃の性格をよく理解していたシャオの母は、我が子を守るために王にも懐妊を告げずに城を去ったのだ。そして親もとにも戻らず、遠くに王宮の見える小さな村でシャオを生み育てた。

「わたしが生まれて髪の色を見たときは、さすがにひとりで秘密を抱えることが恐ろしくなったのでしょう。母は当時から世話になっていたドージェのお父さんを通じて、わたしのことを王に知らせ、魂名とお札を託されたそうです」

シャオの話を、シュタールはただ静かに聞いていた。

そして、話を聞き終えると、強くシャオを抱きしめてくれた。

「俺は本当にあの世へいったら、お前の母上を捜し出して謝罪と……そして礼をしなければならないな」

シャオは双眸に再び涙が滲むのを感じた。

「お前をこの世に、俺のもとへ送り出してくれたことに、心から感謝を――」

シャオは無言でシュタールの腕を抱き寄せ、接吻を落とした。

エピローグ

青い奇跡の一夜から、数年後。

トニストニア帝国は周辺国への侵攻を一切やめ、産業と交易とでさらなる繁栄を遂げていた。

すでに先代王は退位し、第二王子であったユングラッドが王位を継ぎ、第三王子のシュタールがその補佐役としてともに国を支えていた。

トニストニアは数年前より、侵攻した国や地域から奪った土地を主にその出身者たちに平等に分け与えて州となし、それぞれ土地の特徴を生かした産業で国と民に富を得る政道をとっている。

ゲードラウドによって破壊された各都市の復興貢献に尽力したドージュは、かつての罪をすべて許され、今は辺境地域を守る剣士団の将校となっていた。

そしてロイエは、今もシャオのそばで侍従として元気に働いている。

シャオはシュタールの誓約者として、あの日の約束どおり帝都キトラの王城で暮らしていた。

誓約者はトニストニアに古くから伝わる慣習だ。

シュタールがアロイスに首輪を贈って生涯の相棒の誓いとしたように、トニストニアでは動物や人が性別も年齢も種族さえ関係なく、生涯の運命をともにする習わしがあった。

シャオはシュタールから青く輝く宝石を指輪にして贈られ、シャオは父と母の形見であるお札をシュタールに贈り、誓約者の証としたのだった。

「シャオ、あまり乗り出すと落ちるぞ」

王宮の塔からアロイスに乗って飛び立ち、シャオとシュタールは帝都キトラの街並みを見下ろした。

「平気です。シュタール様とアロイスなら、わたしが落ちそうになってもしっかり支えてくださるでしょう?」

青い髪を風になびかせ、シャオはすっかり平和になったキトラの街を眺めた。

数年前の青い奇跡の夜は、今ではすっかり伝説となって周辺の国々にまで伝え広められている。

そうしてシャオ自身は、トニストニアを守った伝説の青い髪の御子として、民の心を捉えてユングラッド王とシュタールと人気を分け合うほどになっていた。

「青い髪の御子がこんな跳っ返りだと知ったら、街の者は残念がるだろうなぁ。アロイス、お前もそう思うだろう？」

シュタールの嘆く声に、アロイスが同意するかのごとく喉を鳴らす。

「なんとでもいってください。青い髪の御子なんて、所詮伝説に過ぎないんですから。それにわたしはただの農民の出で、もとから跳っ返りです」

太陽の光を浴びて、シャオの青い髪が空の青と混ざり合う。

「……やはり、思ったとおりだ」

シュタールが苦笑を浮かべ、小さく呟く。

「え……？　なんですか、シュタール様」

振り返ったシャオの唇を、シュタールが黙れとばかりに塞ぐ。

「……んっ」

シュタールがシャオを魂名で呼ぶことは滅多にない。こうしてアロイスの背に乗っているときでさえ、シャオを通名で呼ぶ。

『お前がいったんだ、シャオ。ほかの者がいる前で呼んでは駄目だと』

どうやら、アロイスも『ほかの者』に含まれていると知ったのは、昨夜の甘い情事のあとのこと。

「愛しているよ、俺だけのシャオ」

一日に何度もシュタールはシャオに愛を囁く。

そして、シャオも惜しみなく愛を返す。

「わたしも、愛しています。シュタール様」


『青の奇跡』を目の当たりにし撤退したゲードラウドだが、二度と襲ってこないとは限らない。

青の奇跡は、一度限り。

それでも、そんな力を必要としない世の中にしたい。

シャオとシュタールはキトラの街を見下ろしながらそう願う。

「今日も、街は平和そうですね」

「ああ」

もう二度と悲惨な戦が起こらぬよう、トニストニア帝国を平和の象徴と呼べる国にすべく、ユングラッド王を助け、民を守っていこう。

再びアロイスの背で口づけ、シャオとシュタールは誓い合う。

うららかな日差しの下、アロイスが風を切って空高く二人を連れ去る。

そのとき――。

舞い起きた風に、どこから飛んできたのか、深い藍色の羽がふわふわと自由に流れていった。

あとがき

こんにちは、四ノ宮慶です。このたびは『銀の竜使いと藍のカナリア』を手にとってくださいまして、本当にありがとうございます。

今回のお話は、商業でははじめてのファンタジーです。これまでの商業作にお付き合いくださっていた方は、ちょっと意外に思われたかもしれません。でもデビュー前にはサイトでファンタジー作品を発表していたんですよ。しかも、青い髪の特殊能力を持つ主人公のお話でした。もちろん、竜も剣士も出てきます。

ちなみに今回のお話、一番最初のプロットでは幕末が舞台だったんです。上野戦争に馳せ参じようとする御家人と、西国出身の陰間（倒幕に命を懸ける幼馴染みあり）のお話でした。それがどうして今回のようなファンタジーになったのか、話すと規定枚数を軽く超えるので割愛させていただきますが、要するに時代物のプロットが通らなかったんですね。ファンタジーへと設定を変えても没を喰らい、お蔵入りかと思われたこのプロットにOKをくださったのが、アズ文庫の担当様だったんです。

時代物もですが、以前からファンタジーも書きたかったので、本当に嬉しかったです。

あまりに嬉しくて舞い上がっていたのか、初稿締切十日前に転んで尾骨にヒビを入れたのも今ではいい思い出です（担当様、その節はご迷惑とご心配をおかけしました）。

挿絵を担当してくださった緒田先生。きれいでかわいらしいシャオと、キラキラして超絶かっこいいシュタールをありがとうございます。ロイエもドージェもみんなイメージどおりで、ラフを拝見したときは心拍数上昇して大変でした。

今回もお世話になった担当様、また是非、ファンタジーを書かせてやってください。あ、時代物でもいいんですよ。チョンマゲと褌《ふんどし》萌えを存分に注ぎ込みますので。

そして最後までお付き合いくださった読者様。少しでもトニストニア帝都・キトラを感じていただけたなら嬉しいです。よろしければご感想などお聞かせくださいませ。

では、また次のお話でお目にかかれることを期待して……。

四ノ宮慶

本作品は書き下ろしです。

AZ BUNKO この本を読んでのご意見・ご感想・
ファンレターをお待ちしております。
〒101−0051
東京都千代田区神田神保町2−4−7
久月神田ビル7F
(株)イースト・プレス　アズ文庫 編集部

銀《ぎん》の竜使《りゅうつか》いと藍《あい》のカナリア

2015年4月10日　第1刷発行

著　者：四ノ宮《しのみや》慶《けい》

装　丁：株式会社フラット
DTP：臼田彩穂
編　集：福山八千代・面来朋子
営　業：雨宮吉雄・藤川めぐみ

発行人：福山八千代
発行所：株式会社イースト・プレス
〒101-0051
東京都千代田区神田神保町 2-4-7
久月神田ビル8F
TEL03-5213-4700　FAX03-5213-4701

http://www.eastpress.co.jp/

印刷製本　中央精版印刷株式会社

ISBN978-4-7816-1308-6　C0193

AZ+《プラス》
コミック

2015年4月17日発売!!

好きなんだもん!!
～童貞×ビッチ(?)のラブトリック～

月之瀬まろ